DAS NACKTE ALIEN

HONEY PHILLIPS

Übersetzt von
STEPHANIE WALTERS

HOLEN SIE SICH IHR KOSTENLOSES BUCH!

Tragen Sie sich in meine E-Mail Liste ein, um als erstes von Neuerscheinungen, kostenlosen Büchern, Sonderpreisen und anderen Zugaben zu erfahren.

https://geni.us/jungfrauunddervampir

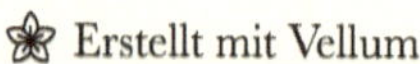 Erstellt mit Vellum

Das Gefühl, wie eine kalte, feuchte Nase ihren Nacken erkundete, drang in Janes Schlummern und sie unterdrückte ein genervtes Stöhnen. Mr. Tiddles, die Katze ihrer Mitbewohnerin Amanda, hatte schon wieder den Weg in ihr Schlafzimmer gefunden. Amanda gefiel die Vorstellung, eine Katze zu haben, besser als die Realität, und sie hatte die Tendenz, Mr. Tiddles an Jane abzuschieben, wann immer sie die Gelegenheit dazu fand. Normalerweise machte es Jane nichts aus, aber es war die Hochphase der Steuererklärungssaison und sie hatte bis spät in die Nacht gearbeitet.

„Lass mich noch ein bisschen schlafen", murmelte sie, ohne die Augen zu öffnen. „Ich spiele später mit dir."

Mr. Tiddles antwortete, indem er mit einem entschlossenen kleinen Finger in ihre Wange pikste.

Moment mal. Ein *Finger*?

Jane riss die Augen auf. Das warme Gewicht, das auf ihrer Brust hockte, war eindeutig *nicht* Mr. Tiddles. Noch nie im Leben hatte sie eine Kreatur gesehen wie die, die sie in diesem Moment aus riesigen, schwarzen Augen anstarrte. Ein pink- und goldgestreifter Pelz bedeckte einen kleinen, runden Körper mit einem übermäßig langen Schwanz, der ebenfalls pink- und goldgestreift war. Das sanfte Morgenlicht schien durch ein feines Netz aus pinken Adern in den riesigen, buschigen Ohren.

Jane erstarrte, zu geschockt, um zu reagieren. Die Kreatur stupste sie erneut mit einem kleinen, pinken Finger an, zwitscherte erwartungsvoll. Diese Bewegung riss Jane aus ihrer Schockstarre und mit einem erschrockenen Aufschrei setzte sie sich kerzengerade im Bett auf. Die kleine Kreatur schrie ebenfalls erschrocken auf, rannte eilig über die Lichtung davon und kletterte blitzschnell eine Schlingpflanze hinauf.

Lichtung? Schlingpflanze?

Ihr vertrautes Schlafzimmer war verschwunden. Stattdessen war Jane umgeben von einem regelrechten Regenbogen der Vegetation, keine einzige Pflanze, die auch nur ansatzweise vertraut aussah. Bonbonbunte Schlingpflanzen, die aus riesigen Bäumen herabhingen, die wiederum in dunklem Magenta und Violett leuchteten, während buschige Pflanzen in einer verblüffenden Vielfalt von Blau und Gold das kontrastierende Unterholz bildeten. Ihre schon leicht durchgelegene Matratze war ebenfalls verschwunden und Jane fand sich auf einem riesigen, samtigen dunkellila Blatt wieder.

Entsetzt schnappte sie nach Luft, erkannte, dass sich das Blatt deshalb so samtig anfühlte, weil sich nichts zwischen ihr und dem Blatt befand. Auch ihr Pyjama war verschwunden.

Sie war vollkommen nackt. Und allein. Und befand sich an dem seltsamsten Ort, den sie jemals gesehen hatte. Was zur Hölle war mit ihr passiert?

Halluzinierte sie? Hatte sie womöglich jemand unter Drogen gesetzt?

Wie üblich hatte Amanda Gäste gehabt, als Jane gestern Abend endlich den Weg nach Hause gefunden hatte. Sie hatte ein kleines Glas Wein akzeptiert, in dem hoffnungsfrohen Versuch, gesellig zu sein, aber wie immer hatte sie sich einfach nur fehl am Platz gefühlt. Nachdem sie unbeholfen neben Amanda gestanden hatte, während ihre Mitbewohnerin mit einem schlaksigen Hipster geflirtet hatte, hatte sie ihren Wein hinuntergekippt, eine Entschuldigung gemurmelt und war in die Sicherheit ihres eigenen Zimmers geflüchtet.

Es war durchaus möglich, vermutete sie, dass irgendwas in ihrem Wein gewesen war, aber sie wusste auch, dass die meisten von Amandas Freunden sie unscheinbar und uninteressant fanden. Warum hätte sich irgendjemand die Mühe machen sollen?

Und viel wichtiger, das hier fühlte sich nicht an wie eine Halluzination. Die Luft war schwer und dick vor Feuchtigkeit. Die riesigen Blätter unter ihr fühlten sich weich und samtig an, und die kleine Kreatur, die sie geweckt hatte, war warm und lebendig gewesen. Der satte Geruch der Vegetation um sie herum, üppig und fruchtbar, war durchdrungen vom süßen Duft der Blumen. Die Luft war voller Geräusche − raschelnde Blätter, das Zwitschern und Kreischen von irgendwelchen Insekten, vermutete sie, sowie ein entferntes Knurren, das sie erschaudern ließ. Es fühlte sich alles viel zu echt an.

Aber wenn es echt war, wo war sie dann? Ihre Umgebung war wunderschön und exotisch und … außerirdisch. Als ob sie sich nicht länger auf der Erde befinden würde.

Unsinn!

Eilig tat sie diesen Gedanken ab. Nur weil diese Vegetation neu für sie war, hieß das nicht, dass sie nicht irgendwo auf der Erde existierte. Es war vermutlich nur irgendein exotischer Dschungel, den sie nie zuvor gesehen hatte – sie war ganz sicher keine Expertin, was Vegetationszonen anging. Ganz egal, wie seltsam es sein mochte, die Tatsache, dass sie hier war, bedeutete, dass sie von irgendjemandem hierhergebracht worden war. Und wenn jemand sie hierhergebracht hatte, dann konnte sie auch verdammt noch mal genauso gut zu ihrem sicheren, kleinen Leben zurückkehren.

Trotz ihrer Entschlossenheit konnte sie spüren, wie Panik unter der Oberfläche lauerte. Es half auch nicht, dass sie absolut keine Vorstellung davon hatte, wo sie nach dieser Person zu suchen anfangen sollte, die sie hier zurückgelassen hatte.

Ein leises Zwitschern wehte über die Lichtung herüber und sie konnte ihren früheren Besucher sehen, der sie zwischen zwei riesigen Blättern hindurch beobachtete. Es war ein niedliches, kleines Ding und schien harmlos zu sein. Es wäre schön, einen Freund zu haben …

„Hallo, du“, sagte sie leise. „Habe ich dir Angst eingejagt? Du hast mich auch erschreckt.“

Sie streckte die Hand aus und schnalzte ermutigend mit der Zunge. Die großen, dunklen Augen starrten sie für einen Augenblick an, dann kam das Tierchen vorsichtig aus dem Unterholz hervor, taperte unsicher an der anderen Seite der Lichtung herum.

„So ist gut. Ich werde dir nichts tun.“

Jetzt, als sie das Wesen besser erkennen konnte, erkannte, sie, dass es wie eine Kreuzung zwischen einem Affen und einer Katze aussah. Sein Körper war affenartig, mit schlanken, robust aussehenden Gliedern und Pfoten, die aussahen wie Miniaturhände, aber es hatte die platte

Schnauze und die Gesichtszüge einer Katze. Wieder schnalzte sie mit der Zunge und die enormen Ohren des Wesens drehten sich in ihre Richtung, um das Geräusch aufzufangen. Langsam kam es über die Lichtung geschlichen, während Jane es weiterhin ermutigte, dann legte es die letzten paar Schritte mit einem einzigen, großen Satz zurück und landete mit einem aufgeregten Quieken in ihrem Schoß.

Sie lachte und streichelte behutsam sein – denn es war ein männliches Wesen – Fell. Er stieß ein schnurrendes Geräusch aus und drückte sich gegen ihre Hand.

„Du siehst vielleicht nicht aus wie er, aber du klingst wie Mr. Tiddles." Wieder schnurrte er und sie lächelte. „Heißt das, dir gefällt der Name? Vielleicht sollte ich dich einfach auch Mr. Tiddles nennen."

Während sie über sein Fell strich, blickte sie sich nervös um. „Gibt es gefährliche Dinge in diesem Dschungel?"

Er schnatterte leise und sie fürchtete, dass er ihre Frage bejahte. Die Schatten schienen in den letzten Minuten länger geworden zu sein. Und wurde der Himmel dunkler? Die Vorstellung, in der Dunkelheit loszuziehen, widerstrebte ihr, aber genauso widerstrebte ihr die Vorstellung, hier draußen die Nacht zu verbringen. Wo würde sie schlafen können?

Ihr Magen knurrte und ihr wurde bewusst, dass die Übernachtungsmöglichkeit nur eins ihrer Probleme war. Wie sollte sie hier etwas zu essen oder zu trinken finden?

Die Panik, die sie hatte zurückhalten wollen, stieg an die Oberfläche und Jane begann zu zittern. Mr. Tiddles stieß ein nervöses Geräusch aus und tätschelte ihr Gesicht. Diese mitfühlende Geste war der letzte Strohhalm. Tränen begannen, ihr über die Wangen zu laufen, als sie ihn an sich drückte und sich ihrer Verzweiflung hingab.

· · ·

Von seinem Ausguck hoch oben in den Bäumen beobachtete Kommandant Taraxan Bellkandis, wie sich das kleine Weibchen voller Kummer zusammenrollte. Er empfand den seltsamsten Impuls, zu ihr zu gehen und sie zu trösten, aber er schob diesen Gedanken augenblicklich zur Seite. Er hatte nicht vor, seine Anwesenheit zu verraten, bis er herausgefunden hatte, ob sie eine Bedrohung darstellte. Obwohl er nicht glauben konnte, dass so ein kleiner, üppiger, weiblicher Körper eine Gefahr war, konnte sie dennoch als Köder gedacht sein, um ihn in eine Falle zu locken.

Als er auf diesem seltsamen, farbenfrohen Planeten aufgewacht war anstatt in der klaren Weiße seines Quartiers an Bord der *Schwert von Meikka*, hatte er angenommen, von einem Feind hierhergebracht worden zu sein. Auch wenn sein Volk, die Doturaner, im Augenblick in keinen aktiven Konflikt mit einem anderen Volk verwickelt war, war die Galaxie ein turbulenter Ort und Zeiten des Friedens schienen nie lange anzuhalten. Die Tatsache, dass er aus seinem eigenen Schiff entführt worden war, das sicher – oder so hatte er zumindest geglaubt – am entferntesten Mond ihres Systems geankert hatte, sprach für ein Level an Technologie, das auf einen formidablen Feind hinwies.

Eine schnelle Inspektion hatte bestätigt, dass er ohne Waffen oder Anziehsachen entführt worden war. Das Fehlen seiner Kleidung war ihm egal gewesen, aber das Fehlen seiner Waffen ließ auf finstere Absichten schlussfolgern. War das ein Versuch, ihn vollkommen wehrlos zu machen? Ein finsteres Grinsen legte sich auf seine Lippen. Seine angeborenen Fähigkeiten, ganz zu schweigen von seinem jahrelangen Training, machten ihn ebenfalls zu einem formidablen Gegner – was jeder, der versuchen sollte, ihm Schaden zuzufügen, sehr schnell herausfinden würde.

Ein gründliches Durchsuchen der Gegend, an der er aufgewacht war, hatte nichts hervorgebracht, bis auf eine Tasche aus grobem Stoff, in der sich ein langes, scharfes Messer befunden hatte und eine flache Karte aus etwas, was definitiv nicht einheimisch in diesem primitiven Umfeld war. Das dünne, biegsame Material wies Einkerbungen auf, die scheinbar eine Karte darstellen, auch wenn die Symbole fremd für ihn waren.

Mit einem ungeduldigen Blick auf die Dichte der umliegenden Vegetation hatte er sich stattdessen für die Bäume entschieden, war behände hinaufgeklettert, bis er über die breiten Baumkronen hinwegsehen konnte. Er hatte sein Umfeld mit der Karte verglichen und entschieden, dass eine Ansammlung von Symbolen die Berge darstellen mussten, die in der Ferne aufragten. Das Funkeln von Wasser in der anderen Richtung wies auf einen Fluss hin, der ebenfalls auf der Karte aufzutauchen schien. Dank dieser Anhaltspunkte konnte er ein drittes Symbol, das entfernte Ähnlichkeit mit einem Schwert hatte, als seine Position vermuten. Dieses Symbol tauchte noch ein zweites Mal in erheblicher Distanz auf, neben etwas, was seinen Heimatplaneten Dotura repräsentieren mochte.

Wenn er der Karte vertrauen konnte, dann wies sie womöglich darauf hin, dass er diesen Ort erreichen musste, um zu seiner eigentlichen Existenz zurückzukehren. War das ein Test, um herauszufinden, wie gut ein Doturaner ohne die Hilfe von Technologie überleben konnte? Wenn das der Fall war, dann konnte sich sein unsichtbarer Gegner auf eine Überraschung einstellen. Er lächelte. Trotz ihrer derzeitigen Sternen-fahrenden Fähigkeiten hatten die Doturaner ihre Herkunft nie vergessen. Seit seiner Kindheit war er darin ausgebildet worden, in der Wildnis zu überleben, und sogar jetzt flüchtete er so oft er konnte vor seinen Pflichten in die Einsamkeit der Natur – ein Kunststück, das mit seinem Aufstieg durch die Ränge zunehmend schwieriger wurde. Das hier konnte ein großer Spaß werden.

Er war den Baum bis zur Hälfte hinuntergeklettert, als ein Geräusch unter ihm seine Aufmerksamkeit erregte. Es schien nicht zu den anderen Geräuschen des Dschungels zu passen und er kletterte den Baum eilig weiter hinunter, bis er … ein Weibchen erkennen konnte?

Zierlich, mit üppigen Kurven und einer Mähne aus langem, dunklem Haar, war sie ganz sicher keine Doturanerin. War sie eine Einheimische? Den Gedanken verwarf er augenblicklich. Ihre blasse Haut stand im starken Kontrast zu den satten Farben, die sie umgaben, und ihre unbeholfenen Bewegungen plädierten dafür, dass sie hier genauso fremd war wie er. Vielleicht wurde ihr Volk ebenfalls getestet. Er ließ seinen Blick über die Lichtung schweifen und entdeckte eine Tasche wie die, die er gefunden hatte, was seine Vermutung bestätigte.

In diesem Fall sollte er Distanz wahren … Oder vielleicht sollte er sie weiter beobachten, verbesserte er sich, als sie sich erhob und er einen guten Blick auf ihren nackten Körper werfen konnte. Jeder Zentimeter von ihr war eine weiche Kurve, von den vollen, schweren Brüsten bis hin zu ihrem prallen, runden Arsch, der perfekt in seine Hände passen würde, während er …

Seine Gedanken fanden ein abruptes Ende.

Was war denn mit ihm los? Er war ein Offizier und Gentleman. Lüsterne Gedanken über ein fremdes Weibchen waren unter seiner Würde, auch wenn seine Begegnungen mit Weibchen in den letzten Jahren so selten wie seine Ausflüge in die Wildnis gewesen waren. Dieses primitive Umfeld musste schuld daran sein, musste seine eigenen primitiven Instinkte wecken.

Während er mit sich selbst stritt, hörte er sie mit leiser, sinnlicher Stimme sprechen, und er kletterte automatisch weiter den Baum hinunter, um sie besser hören zu können. Trotz seines Übersetzungschips waren ihre Worte unverständlich. Interessant. Soweit er wusste, war der Chip so programmiert, dass er alle bekannten Sprachen verstehen konnte. War sie womöglich doch eine Einheimische?

Aber als beobachtete, wie sie sich der Verzweiflung hingab, war er sich ziemlich sicher, dass sie auf diesem Planeten ebenso fremd war wie er. Ihr Kummer störte ihn mehr, als er zugeben wollte, aber er konnte die Möglichkeit nicht außer Acht lassen, dass sie als Teil des Tests hierhergebracht worden war, was auch immer dieser Test sein mochte. Trotzdem, Erleichterung überkam ihn, als sie endlich zu weinen aufhörte und den Kopf hob.

Die kleine Waldkreatur, die sie aus dem Unterholz hervorgelockt hatte, plapperte aufgeregt, und Taraxan beobachtete mit einem Gefühl, das er nicht als Eifersucht bezeichnen wollte, wie sie ihr über das Fell streichelte. Wie würden sich diese zierlichen, weichen Finger auf seiner viel raueren Haut anfühlen?

Sie stand auf, drückte die Kreatur noch immer an diese verlockenden Brüste und wanderte ziellos auf der Lichtung herum. Er wartete darauf, dass sie den Stoffbeutel fand, der zu seinem eigenen passte, aber sie ging zweimal daran vorbei, bevor ihm klar wurde, dass sie ihn vermutlich in dem bunten Unterholz nicht entdeckte. Hm.

Nach einer kurzen Debatte mit sich selbst riss er einen toten Ast von einem Baum. Er zielte vorsichtig, dann warf er ihn auf die Lichtung, in der Nähe ihres Beutels. Bei dem Aufschlag des Astes zuckte sie zusammen, dann ging sie los, um das Geräusch zu untersuchen. Als sie an der Stelle angekommen war, stolperte sie über den Beutel. Nicht gerade das, was er beabsichtigt hatte, aber wenigstens hatte sie ihn endlich gefunden.

Gut. Er lehnte sich an den Baumstamm und wartete die nächsten Entwicklungen ab.

2

___

Ein lautes Knacksen von etwas, das auf den Boden fiel, ließ Jane zusammenfahren, dann runzelte sie die Stirn, als ihr klar wurde, dass es nur ein Stock gewesen war. Es kam ihr seltsam vor, dass er mit solcher Wucht mitten auf der Lichtung gelandet war. Sie zögerte, dann ging sie zu der Stelle, um es sich genauer anzusehen. Während sie ihre Nachforschungen anstellte, verfing sich ihr Fuß in einer Ranke.

Nein! Keine Ranke. Sie war über den Trageriemen eines einfachen Beutels gestolpert, der aus den Kletterranken gewoben zu sein schien, die sie umgaben.

Eilig hob sie den Beutel auf, hoffte, darin irgendeine Erklärung zu finden. Zu ihrer Enttäuschung befanden sich nur zwei Gegenstände darin. Der erste war ein kleiner Metallgegenstand – eine nichtssagende Metallröhre. Das Metall war glatt und unbeschädigt, so poliert, dass es glänzte, und kam ihr an diesem primitiven Ort vollkommen fehl am Platz vor. Sie wollte die Röhre schon entrüstet wegschmeißen, überlegte es sich aber noch einmal anders und steckte sie zurück in den Beutel.

Der zweite Gegenstand war noch verwunderlicher. Eine dünne Platte aus weißem Plastik, die mit nichtssagenden Symbolen bedeckt war. Wenn das ein Versuch war, mit ihr zu kommunizieren, dann hatte sie absolut keine Ahnung, was es bedeuten sollte. Ihre Hände zitterten und sie knüllte das Plastik in einen kleinen Ball zusammen, aber sobald sie es losließ, faltete es sich wieder in die glatte, faltenlose Platte auf.

Ein weiteres Zeichen von eindeutig fortschrittlicher Technologie, aber was hatte es zu bedeuten? Und warum sollten zwei so hoch entwickelte Gegenstände in so einem primitiven Beutel liegen?

Ihr Kopf dröhnte, als sie verzweifelt versuchte, eine Antwort auf diese Fragen zu finden. Sie rieb sich die Schläfen, bemerkte gleichzeitig, dass ihr Mund ganz trocken war und ihr Hals vom Weinen schmerzte. Sie brauchte ganz dringend etwas zu trinken, aber sie hatte keine Ahnung, wie sie Wasser finden sollte.

„Ich wusste, ich hätte zu den Pfadfinderinnen gehen sollen", murmelte sie. Aber natürlich hatte ihre verwitwete Mutter nicht gewollt, dass ihre einzige Tochter in die Wildnis hinauszieht. Und Jane war zufrieden genug mit ihren Büchern gewesen, um nicht weiter darauf zu beharren.

Aber sie würde dennoch Wasser finden müssen, angenommen es war unbedenklich, es zu trinken. Ein schwappendes Geräusch unterbrach ihre Gedanken und sie drehte sich zu Mr. Tiddles um, sah, wie er eins der großen Blätter umstülpte und sich eine Flüssigkeit davon in den Mund laufen ließ.

Sie rannte zu ihm hinüber, entdeckte, dass die Pflanze große, blaue, kelchartige Blätter hatte, und sich in jedem von ihnen eine kleine Menge einer Flüssigkeit befand. War das Wasser? Sie zögerte, biss sich auf die Lippen, dann tunkte sie vorsichtig ihre Fingerspitze in die Flüssigkeit. Ihre Fingerspitze brannte nicht und es fühlte sich ganz genau an wie Wasser. Nachdem sie vorsichtig daran geschnüffelt hatte, berührte sie mit ihrer Fingerspitze ihre Zungenspitze. Es schmeckte kühl und ein bisschen nach Minze.

Mr. Tiddles schnatterte fröhlich mit ihr, scheinbar ermutigend. Sie zog eine Grimasse, dann trank sie einen vorsichtigen Schluck. Die kühle Flüssigkeit, die durch ihren staubtrockenen Mund floss, fühlte sich himmlisch an, und sie ließ alle Bedenken fallen und trank Blatt um Blatt leer, bis ihr Durst gestillt war.

Dann sank sie zu Boden und wurde augenblicklich von neuen Sorgen überrannt. Was, wenn das Wasser nicht genießbar war? Furchtbare Vorstellungen von Vergiftungen und Ruhr und Tod tanzten durch ihre Gedanken – die Sorte Reaktion, die ihre Mutter haben würde –, aber Jane tat ihr Bestes, um diese Gedanken zu vertreiben. Das Wasser, falls es Wasser war, hatte gut geschmeckt und sie fühlte sich nicht komisch. Ehrlich gesagt fühlte sie sich sogar ziemlich klar.

„Und dir geht's auch gut, oder?", fragte sie Mr. Tiddles, ignorierte eisern die Tatsache, dass er zweifelsohne einheimisch hier war.

Er zwitscherte fröhlich und ihr wurde bewusst, dass sich die Geräusche des Dschungels langsam veränderten. Das Licht nahm definitiv ab. Sie fühlte sich auf dieser Lichtung sehr ausgestellt, aber sie konnte sich auch nicht dazu durchringen, sich den Schatten des sie umgebenden Dschungels zu stellen.

Schließlich sammelte sie ein paar dieser riesigen Blätter zusammen und häufte sie am Stamm eines der Bäume am

Rand der Lichtung auf. Sie setzte sich auf ihr Lager, lehnte sich mit dem Rücken an den Baum und zog sich ein weiteres Blatt wie eine Decke über den Körper. Alles fühlte sich durch die Luftfeuchtigkeit ein wenig klamm an, aber das Blatt war überraschend warm, als die Luft langsam abkühlte. Mr. Tiddles krabbelte auf ihre Schulter und schlang seinen langen, weichen Schwanz um ihren Hals, bevor sie einschliefen. Ihn hier zu haben, war beruhigend, auch wenn er sie natürlich nicht vor etwas Größerem als einer Brotbüchse verteidigen konnte.

Gedankenverloren streichelte sie sein Fell und versuchte, sich einen Plan zu überlegen. In ihrem ersten, großen Durst hatte sie beinah alle Blätter des blauen Busches ausgetrunken, und sie hatte in der näheren Umgebung keine weiteren dieser Büsche entdeckt. Sie würde bald mehr Wasser brauchen. Die Flüssigkeit war überraschend sättigend gewesen, aber irgendwann würde sie auch Essen brauchen. Vielleicht konnte sie Mr. Tiddles beobachten und sehen, was er aß. Aber Wasser …

Mit plötzlicher Finsternis brach die Nacht herein. Das Bruchstück einer Erinnerung tauchte in ihren Gedanken auf – irgendwas, was sie irgendwann mal über Sonnenuntergänge in den Tropen gelesen hatte. Hieß das, dass sie sich in der Nähe des Äquators befand? Wenn das der Fall war, würde sie sich wenigstens keine Sorgen darüber machen müssen, in der Nacht zu erfrieren.

Das war ein schwacher Trost und sie fing wieder an, sich über ihre Vorräte Sorgen zu machen. Als sie ihre Augen schloss und den Kopf an den Baumstamm lehnte, tauchte das Bild der kleinen Plastikplatte vor ihrem inneren Auge auf. Es hatten sich lange, wellige Linien darauf befunden. Weil ihre Gedanken noch immer mit der Sorge um Wasser beschäftigt waren, fragte sie sich nun plötzlich, ob diese Linien vielleicht einen Fluss darstellen sollten. War diese Scheibe womöglich eine Karte?

Ihre Augen flogen auf und sie blickte sich stirnrunzelnd in der Dunkelheit um, versuchte, sich angestrengt daran zu erinnern, was noch auf dem Plastikstück abgebildet war. Sie war sich zumindest ziemlich sicher, dass jede der Seiten der Plastikplatte ein Symbol aufgewiesen hatte. Auf einer der Seiten war ein Kreis mit einer Linie darüber abgebildet, auf der anderen Seite ein Kreis mit einer Linie darunter.

Während sie sich den Kopf darüber zerbrach, was diese Symbole bedeuten mochten, leuchtete plötzlich ein kleines Licht am anderen Ende der Lichtung auf. Es erinnerte sie an die Glühwürmchen, die sie als Kind immer an warmen Sommerabenden in ihrem Garten gefangen hatte. Bei dieser Erinnerung musste sie lächeln, dann sah sie, dass das Licht immer wieder an- und ausging wie eine winzige, flackernde Sonne.

Sonne!

Was, wenn eins der Symbole die aufgehende Sonne darstellte, und das andere Symbol die untergehende Sonne? Das untermauerte ihre Vermutung, dass die Plastikplatte eine Karte war. Und selbst wenn sie die anderen Symbole nicht entschlüsseln konnte, wusste sie immerhin, wo die Sonne untergegangen war und konnte markieren, wo sie am Morgen aufgehen würde.

Das flackernde Licht erlosch, dann erschien es wieder, begleitet von weiteren Lichtern. Sie begannen, die ganze Lichtung zu erfüllen, während sie langsam näher kamen, und Jane erkannte, dass sie viel, viel größer waren als die Glühwürmchen ihrer Kindheit. Jedes der Lichter war mindestens so groß wie ihre Handfläche und sie konnte immer wieder große, transparente Flügel erkennen, die die glühenden Körper umschwirrten.

Jane sank tiefer am Baum zusammen, zog das große Blatt bis unter ihr Kinn, aber die Glühwürmchen kümmerten sich nicht um sie. Sie tanzten über die Lichtung und ihre Lichter schimmerten in der Dunkelheit pink und blau und golden, bewegten sich in wunderschönen, kunstvollen Mustern, während Jane voller Staunen zuschaute.

Dann sank plötzlich ein riesiger, dunkler Schatten von hoch über ihr hinunter. Sie konnte das kurze Aufblitzen eines aufgerissenen Schlunds erkennen, der Dutzende der Glühwürmer auffraß, bevor sie alle erloschen. Ein grelles Kreischen hallte durch die Nacht und Jane bebte vor Angst, wagte nicht, sich zu rühren. Ein Flügelschlag und ein weiteres Aufblitzen der großen, fliegenden Kreatur, dann war es verschwunden.

Ihr ganzer Körper zitterte und ihre Hände schmerzten, so fest hatten sich ihre Finger in das Blatt gekrallt. Blind starrte sie in die Nacht, zuckte bei jedem Geräusch zusammen, bis die Anspannung sie schließlich erschöpfte und sie in ein unruhiges Schlummern fiel.

Zweimal hörte sie während der Nacht Schreie. Ein abgerissener Schrei vom anderen Ende der Lichtung, und das zweite Mal ein harsches Knurren, das aus den Ästen direkt über ihr herunterzutönen schien. Nur ihr vor Angst gelähmter Körper hielt sie davon ab, hinaus auf die Lichtung zu stolpern.

Bei dem Knurren über ihnen hob Mr. Tiddles den Kopf und sie konnte die Anspannung in seinem kleinen Körper spüren, aber er bewegte sich nicht weiter und nach ein paar Minuten schnaubte er leise und schlief weiter. Wenn er sich sicher fühlte, dann hieß das hoffentlich, dass auch sie in Sicherheit war — es sei denn, er war auf den dummen Gedanken gekommen, sie könnte ihn beschützen.

Danach dauerte es lange, bis sie wieder eingeschlafen war.

ALS SIE ENDLICH EINGESCHLAFEN WAR, begann sie zu träumen. Sie lag an einem tropischen Strand, die Luft schwer und dick vom Duft der Blumen. Ein Mann stieg aus dem Meer und kam auf sie zu, sein Körper von der aufgehenden Sonne angestrahlt. Er ließ sich neben ihr fallen, dann begannen sanfte Finger, ihre Beine hinaufzuwandern. Sie lächelte zufrieden, bis das Geräusch von Mr. Tiddles' Gezwitscher in ihren Traum drang. Ihr müder Verstand riss sich aus dem Schlaf, nur um festzustellen, dass sie noch immer diese Finger auf ihrem Bein fühlen konnte. Sie schnappte nach Luft und riss das Blatt zur Seite, mit dem sie zugedeckt war, dann schrie sie auf und sprang auf.

Das riesigste Insekt, das sie jemals gesehen hatte, krabbelte ihr Bein hinauf. Was aussah wie tausend kleine Füße, führte an der Seite seines hellpinken Panzers entlang. Panisch schlug sie danach und es fiel von ihrem Bein, nur um von Mr. Tiddles geschnappt zu werden.

Er stieß ein aufgeregtes Geräusch aus, als er es sich an den Mund hob und mit einem hallenden Krachen hineinbiss. Violetter Glibber spritzte aus dem Insektenpanzer hervor und sie musste sich abwenden, als sich ihr Magen überschlug. So viel dazu, zu essen, was Mr. Tiddles aß.

Entschlossen ignorierte sie das zufriedene Mampfen hinter sich und ging los, um nach dem blaublättrigen Busch zu suchen. Zu ihrer Erleichterung waren die Blätter wieder mit frischem Wasser angefüllt. Sie trank mehrere der Blätterkelche leer, dann stellte sie sich der unschönen Realität, im Dschungel auf Toilette gehen zu müssen. Aber wenigstens konnte sie etwas der Flüssigkeit benutzen, um sich anschließend abzuwaschen.

Bis sie mit ihrer Katzenwäsche fertig war, leistete Mr. Tiddles ihr Gesellschaft. Er trank eins der Blätter leer, dann blickte er erwartungsvoll zu ihr auf.

„Dir ist schon klar, dass ich keine Ahnung habe, was ich jetzt machen soll, oder?"

Er schaute weiterhin erwartungsvoll zu ihr hinauf, also seufzte sie und ging los, um sich die Plastikplatte anzuschauen. Nach den Erkenntnissen in der Nacht war sie umso überzeugter davon, dass es tatsächlich eine Karte war.

Eine Gruppe von drei übereinander aufgetürmten Kreisen, wie ein von einem Kind gemalter Schneemann, befand sich in der Mitte einiger Halbkreise. Sollte das etwa sie selbst darstellen?

Wohl kaum eine schmeichelnde Darstellung, selbst wenn sie ein paar Pfund zu viel auf den Hüften hatte. Natürlich würde sich das ganz schnell ändern, wenn sie nicht bald etwas zu essen fand. Sie verbannten diesen deprimierenden Gedanken und machte sich wieder daran, die Karte zu entschlüsseln.

Gerade Linien kreuzten sich am unteren Ende der Platte. Sie konnte nicht mit Sicherheit sagen, was sie darstellen sollten, aber der Fluss – sofern es ein Fluss war – führte zu ihnen hinunter. Und in der Mitte dieser Linien befand sich ein gemusterter, blauer Fleck.

Während sie so darauf starrte, bemerkte sie, dass der blaue Fleck beinah wie die Erde aussah.

Diese Andeutung ließ ihr Herz hämmern. Was, wenn das hier tatsächlich nicht nur eine unbekannte Ecke tief im Dschungel des Amazonas war? Was, wenn sie sich wirklich nicht mehr auf ihrem eigenen Planeten befand?

Verzweifelt versuchte sie, sich davon zu überzeugen,

dass ihre Fantasie mit ihr durchging, aber die lebhaften Farben des Laubs, die riesigen Glühwürmchen, sogar die schattige Kreatur, die die Insekten angegriffen hatte …

Mr. Tiddles streckte die Hand aus und tätschelte ihre Wange und Jane unterdrückte ein Schluchzen. Von einem Tier wie ihm hatte sie auch noch nie zuvor gehört. Ihre Gedanken rasten wie wild, versuchten, irgendeine andere Erklärung zu finden, aber tief im Innern war sie sich schon sicher. Sie war nicht länger auf der Erde.

3

Taraxan lauschte vorsichtig, als das kleine Weibchen mit der Waldkreatur sprach, mit der sie sich angefreundet hatte. Mit genug Zeit und Input würde sein Übersetzungsimplantat ihre Sprache entschlüsseln könne, aber bisher hatte es nicht viel, womit es arbeiten konnte.

Er war zunehmend überzeugt davon, dass sie weder eine Bedrohung noch Teil einer größer angelegten List war, um ihn in eine Falle tappen zu lassen. Die Tatsache, dass sie selbst eine Karte erhalten hatte, auch wenn sie zunächst nicht zu wissen schien, wie sie sie zu lesen hatte, war einer der Gründe. Ein weiterer war einfach ihre vollkommene Unvertrautheit mit dieser Gegend.

Sobald er das erkannt hatte, hätte er eigentlich zu dem Ziel losgehen sollen, das auf seiner Karte eingezeichnet war und auf einen Weg von diesem Planeten herunter hinwies. Aber als sie sich am Fuß des Baumes zusammengerollt hatte, unfassbar klein und hilflos ausgesehen hatte, hatte er es nicht übers Herz gebracht, sie zurückzulassen.

Und das war auch gut so gewesen. Einmal in der Nacht hatte er ein langes, beinloses Reptil abgefangen, das auf sie zu geglitten war. Es war groß genug gewesen, um sich um ihren kleinen Körper zu winden, aber er hatte es einfach genug um die Ecke bringen können und sein Fleisch war eine willkommene Proteinquelle gewesen, während er weiter über sie gewacht hatte.

Der zweite Jäger war eine große Katze gewesen, die eine interessante Herausforderung hätte werden können, aber nachdem Taraxan sie angeknurrt hatte, war das Tier davongeschlichen. Er schauderte, als er daran dachte, was passiert wäre, wenn sie das Weibchen angegriffen hätte.

Jetzt beobachtete er sie dabei, wie sie sich wieder der Karte widmete. Endlich schien sie die Bedeutung entschlüsselt zu haben, aber dem erschrockenen Ausdruck auf ihrem Gesicht nach zu urteilen, und der Art und Weise, wie sie die Schultern hängen ließ, schien ihr dieses Wissen kein Trost zu sein.

Wieder einmal dachte er darüber nach, sich ihr zu zeigen, aber bevor er sich dazu entschließen konnte, machte sie die Schultern gerade und hob den Beutel hoch. Er sah zufrieden zu, wie sie den Beutel mit einigen der Blätter der Wasser sammelnden Pflanze auslegte, dann mehr Wasser hineingoss. Eine primitive Lösung und nicht absolut auslaufsicher, aber ein Zeichen von Intelligenz.

Von ihrer nächsten Aktivität war er weniger beeindruckt. Sie hob eins der großen Blätter auf, mit denen sie sich in der Nacht zugedeckt hatte, und riss mit einiger Schwierigkeit ein Loch in die Mitte. Missbilligend sah er zu, wie sie sich das Blatt über den Kopf zog und es dann mit einer Ranke um ihre Taille festband. Kleidung war alles andere als eine Notwendigkeit in einer derartigen Überlebenssituation – und er vermisste bereits den Anblick ihres verführerischen Körpers. Vielleicht gab es in ihrer Kultur irgendein Tabu, was Nacktheit anging?

Bevor er Zeit hatte, weitere Spekulationen über ihre

Gesellschaft anzustellen, schaute sie wieder auf ihre Karte und marschierte in den Dschungel davon. Angenommen, er hatte den flüchtigen Blick auf ihre Karte richtig interpretiert, dann befanden sich ihr Ziel und seins in etwa in der gleichen Gegend. Zum Glück ging sie in die richtige Richtung davon. Er entschloss sich, ihr in den Baumwipfeln zu folgen, sprang von Ast zu Ast oder benutzte die vielen Schlingranken, die von den Bäumen hinunterhingen, während er ihr folgte.

Er sagte sich, dass er in ihrer Nähe bleiben musste, damit er mögliche weitere Worte aufschnappen konnte, die sie sagte, und um sicherzustellen, dass sie auf dem richtigen Weg blieb. Zunächst tat sie das auch, auch wenn ihr Tempo frustrierend langsam war. Sie schien selbst über die kleinsten Ranken und Wurzeln zu stolpern, verfing sich in tief hängenden Ästen. Sein Übersetzungschip entschied, dass das oft wiederholte Wort „veh-damt" eine farbenfrohe Metapher war, die Verdruss ausdrückte.

Wenn er einen seiner jungen Kadetten beobachtet hätte, hätte er ihn augenblicklich als zu ungeschickt und ungeeignet rausgeschmissen, aber stattdessen fand er die hartnäckigen Anstrengungen des Weibchens bewundernswert und … bezaubernd? Er war nicht daran gewöhnt, so über Weibchen zu denken, aber es schien zu ihr zu passen. Dennoch, ihre Hilflosigkeit verstärkte auch seinen Beschützerinstinkt und wieder einmal debattierte er mit sich, ob er sich zeigen sollte oder nicht. Aber noch während er mit sich stritt, bemerkte er, dass sie eine falsche Richtung einschlug. Das schien die Sache zu entscheiden, aber bevor er auf den Boden klettern konnte, schien sie es selbst zu bemerken. Sie blieb stehen und ließ sich erschöpft auf einen umgefallenen Baumstamm sinken.

Die kleine Waldkreatur – Mistah Tiddls – hatte sie auf ihrer Reise begleitet, hatte manchmal auf ihrer Schulter gehockt, war manchmal neben ihr hergelaufen. Jetzt blickte sie erwartungsvoll zu ihr auf.

„Ichwillmichnichtverlaufen. Wirmüssenbisheutenachmittagwarten." Während sie sprach, deutete sie auf die Sonne direkt über ihnen, und er verstand, dass sie sich an der Sonne orientiert hatte.

Die kleine Kreatur schwatzte und schnatterte, dann begann sie, in dem vermoderten Holz des Stamms herumzustochern. Taraxan nickte anerkennend, als sie ein großes Insekt zutage förderte und es dem Weibchen hinhielt. Zu seiner Überraschung schauderte sie und wich zurück. Warum wies sie eine so herrliche Proteinquelle ab?

Nach einem weiteren Versuch, ihr seine Beute anzubieten, biss Mistah Tiddls selbst voller Genuss in das Insekt.

Vielleicht aß sie kein Fleisch. Das war unter den Doturanern eher selten, aber er hatte auf seinen Reisen schon von solchen Dingen gehört. Aber auch wenn sie kein Fleisch aß, musste sie dennoch etwas zu sich nehmen. Der Baum, in dem er im Augenblick hockte, hing voller kleiner, pinker Früchte. Er probierte eine davon und entschied, dass sie essbar waren. Lautlos bewegte er sich über einen der ausladenden Äste und ließ ein Büschel der Früchte fallen, sodass es direkt im Moos zu ihren Füßen landete.

Sie fuhr zusammen und ihr Blick flog hinauf in den Baum, aber er hatte sich schon wieder im dichten Laub verborgen.

„Früchte! Glaubstdudiesindessbar?"

Zu seiner Enttäuschung bot sie eine der Früchte ihrer Begleitung an, aber nachdem die Kreatur das Obst eifrig verschlungen hatte, hob auch sie eine der pinken Früchte an ihren Mund. Auf ihren ersten, kleinen, zögerlichen Biss folgte ein leises, genüssliches Stöhnen, das einen Blitz der Erregung direkt in seinen Schwanz schickte. Er konnte sich ohne Weiteres vorstellen, wie sie ähnliche Geräusche ausstieß, wenn er sie befriedigte …

Entschieden schob er diese Vorstellung zur Seite, beobachtete zufrieden, wie sie eifrig den Rest der Frucht aufaß. Er war allerdings nicht so zufrieden, dass sie darauf beharrte, sie mit ihrem kleinen Freund zu teilen, aber er verspürte ein unerwartetes Gefühl der Zufriedenheit, zu wissen, dass er ihren Hunger gestillt hatte.

Mit leisen Bewegungen ließ er zwei weitere Büschel der Früchte aus dem Baum hinunterfallen. Sie starrte sie sehnsuchtsvoll an, dann schüttelte sie den Kopf.

„Ichdenkediesollteichbesserfürspäteraufheben."

Er runzelte die Stirn, als er sah, wie sie die Früchte zu ihren Vorräten steckte. Das war eine vernünftige Vorsichtsmaßnahme, aber er hasste den Gedanken, dass sie womöglich noch immer Hunger hatte.

Nachdem sie sich mit ihrem Gefährten etwas des Wassers geteilt hatte, lehnte sie sich an den Baumstamm zurück. Mistah Tiddls kroch auf ihren Schoß und innerhalb weniger Minuten waren sie beide eingeschlafen. Leise ließ Taraxan noch ein paar der Fruchtbüschel hinunterfallen, dann lehnte er sich zurück, um über sie zu wachen.

EIN LAUTES KREISCHEN hoch über ihr riss Jane aus dem Schlaf. Sie hatte nicht einschlafen wollen, aber nach dem unruhigen Schlaf gestern Nacht, der langen Wanderung am Vormittag und nachdem sie endlich Essen in den Magen bekommen hatte, hatte sie die Augen einfach nicht länger offenhalten können. Wenigstens stand die Sonne nicht mehr direkt über ihnen am Himmel, sodass sie wieder den richtigen Weg finden konnte − oder den Weg, von dem sie hoffte, dass es der richtige war.

Und taten das die Menschen in tropischen Ländern

nicht ohnehin? Mitten am Tag ein Nickerchen zu halten? Vielleicht war das auf allen Planeten der Fall. Trotzdem, sie wollte einfach nicht glauben, dass sie sich auf einem fremden Planeten befand, aber ihr fiel einfach keine andere Erklärung ein.

Wieder erklang das Kreischen und sie blickte in den Himmel und erhaschte einen flüchtigen Blick auf einen extrem großen Vogel – obwohl Vogel nicht das richtige Wort war. Die Kreatur hatte weite, leuchtend bunte Flügel, aber sie schienen aus Haut anstatt aus Federn zu bestehen, und hinter ihm peitschte ein langer, sehniger Schwanz durch die Luft. Sie schluckte. Definitiv nichts, was irgendeinem Erdenvogel glich.

Wie zur Hölle war sie denn auf diesem Planeten gelandet? Sie betete, dass sie an dem Ziel, das auf ihre Karte eingezeichnet war, eine Antwort darauf finden würde. Irgendjemand musste hier doch sein – andererseits, was für ein Wesen würde jemanden von seinem Heimatplaneten entführen und sie in einem Dschungel aussetzen?

Vielleicht war es sogar gut, dass sie noch keine Einheimischen getroffen hatte.

„Na gut, bis auf dich", lächelte sie und streichelte den Kopf ihres Gefährten. Er schnurrte, dann sprang er von ihrem Schoß und jagte einem weiteren Käfer hinterher.

Jane schauderte und wandte sich ab, als er das Insekt verschlang, dann bemerkte sie, dass weitere der pinken Früchte heruntergefallen waren, während sie geschlafen hatte. Sie sammelte sie ein, dann entschied sie, dass sie genug der Früchte hatte, um jetzt noch ein paar zu essen. Sie waren wirklich, wirklich lecker, eine Kreuzung zwischen einem Pfirsich und einem Apfel, mit einer etwas säuerlichen Schale und sehr süßem Fruchtfleisch.

Nachdem sie ihren Hunger gestillt hatte, steckte sie die restlichen Früchte in ihren Beutel. Er hatte das

Wasser nicht so gut aufgefangen, wie sie gehofft hatte, aber sie hatte auf ihrem Weg bis hierher ziemlich viele der blaublättrigen Büsche entdeckt. Sie war sich einigermaßen sicher, dass sie mehr Wasser sammeln konnte, wenn sie am Abend Rast machten. Die Vorstellung an eine weitere Nacht im Dschungel ließ sie schaudern, aber sie schien keine Wahl zu haben. Da es auf der Karte keine Maßstabsangaben gab, hatte sie zunächst gehofft, dass sie den Fluss vielleicht heute schon erreichen würde. Bisher gab es keinen Hinweis darauf und sie fürchtete, dass sie eine längere Reise vor sich hatte, als sie zunächst geglaubt hatte. Mit einem Seufzer hob sie ihren Beutel hoch, zog ihren Rankengürtel zurecht und marschierte los.

Die Wanderung schien am Nachmittag noch mühsamer zu sein. Ihre Beine schmerzten von der ungewohnten Anstrengung. Zum Glück war der Großteil des Bodens mit dunkelblauem Moos bedeckt, aber ihre nackten Füße waren dennoch von ihren Zusammenstößen mit unerwarteten Steinen und Ästen ganz wund. Das Unterholz, durch das sie sich kämpfte, riss ihre Haut auf und die herabhängenden Äste hatten die unschöne Angewohnheit, ihr ins Gesicht zu klatschen. Sogar Mr. Tiddles schien erschöpft zu sein, saß die meiste Zeit auf ihrer Schulter, anstatt vorauszulaufen und die Gegend zu erforschen.

Sie streckte die Hand aus und tätschelte den pelzigen Schwanz, den er um ihren Hals geschlungen hatte, um die Balance zu halten. „Dir gefällt das auch nicht, oder? Ich hoffe, du hast nicht deine Familie zurückgelassen, um mich zu begleiten."

Der Gedanke, dass er womöglich sein Zuhause verlassen hatte, bereitete ihr Sorgen, aber sie konnte nicht leugnen, dass seine Gegenwart ein Trost war. Und sie hatte bisher noch keine seiner Artgenossen gesehen, also war er vielleicht auch allein gewesen.

Der Nachmittag zog sich in die Länge, aber sie setzte einfach immer einen Fuß vor den anderen. Sie hoffte noch immer, dass sie den Fluss erreichen würden, aber als die Sonne so tief gesunken war, dass sie ihr direkt in die Augen schien, musste sie die Wahrscheinlichkeit akzeptieren, dass sie heute nicht dort ankommen würde. Stattdessen begann sie, nach einem geeigneten Ort zu suchen, an dem sie die Nacht verbringen konnte. Eine kleine Lichtung, wo sie zumindest die Umgebung sehen konnte, schien ihr eine bessere Alternative zu sein, als zwischen den hohen Bäumen und Büschen zu campen.

Fluchend kämpfte sie sich durch einige ausgesprochen hartnäckige Zweige, die sich mit entschlossenen Ranken an sie hefteten, dann schnappte sie vor Freude nach Luft, als sie an genau so einer Lichtung ankam.

Die Lichtung war sogar noch größer als die, auf der sie in der letzten Nacht geschlafen hatte – ein langer, breiter Streifen Erde unter dem Himmel. Auch hier war der Boden von Moos bedeckt, aber dieses Moos schimmerte in einem dunklen Gold und überall auf der Oberfläche verteilt standen kleine Ansammlungen weißer Blumen. Es war atemberaubend schön auf eine exotische Art und Weise, und die dunklen Farben des Dschungels bildeten den perfekten Hintergrund.

„Das sieht nach einem guten Platz aus, um die Nacht zu verbringen, meinst du nicht?", fragte sie Mr. Tiddles.

Zu ihrer Überraschung zwitscherte er nervös und seine Pfoten krallten sich in ihre Schultern. Warum schien er beunruhigt? Vielleicht war er an den dichten Dschungel einfach mehr gewöhnt. Trotzdem, seine Nervosität ließ sie ihre Entscheidung noch einmal überdenken, und anstatt direkt in das Sonnenlicht in der Mitte der Lichtung zu treten, ging sie langsam am Rand der Lichtung entlang, hielt Ausschau nach möglichen Hinweisen auf Gefahren.

Das goldene Moos war dicht, fühlte sich unter ihren Füßen ausgesprochen weich an, und sie warf einen sehnsüchtigen Blick auf eine besonders einladende Stelle, die von den Strahlen der untergehenden Sonne angeleuchtet wurde. Es wäre eine willkommene Abwechslung, aus den schweren Schatten der Bäume hervorzutreten, fort von den kratzigen Ästen und den klammernden Ranken.

Alles sah still und friedlich aus und sie machte ein paar vorsichtige Schritte ins Sonnenlicht hinein. Mr. Tiddles schrie auf und riss an ihren Haaren.

„Autsch! Was ist denn los? Es sieht doch vollkommen sicher aus."

Wie als Antwort auf ihre Worte erklang hinter ihr ein schwerer Schlag. Sie fuhr herum und erstarrte, war zu verängstigt, um noch zu schreien. Eine riesige, spinnenartige Kreatur war hinter ihr auf den Boden gesprungen. Goldenes Fell, das in der Sonne leuchtete, bedeckte einen runden Körper, der von einer beunruhigend großen Anzahl langer, dünner Beinchen getragen wurde. Der kleine Kopf bestand größtenteils aus einem riesigen Maul voller langer, glänzender Zähne, von denen eine eklige, gelbe Substanz tropfte.

„Oh, Scheiße."

4

Janes Herz hämmerte so heftig gegen ihre Rippen, dass ihr übel wurde. Dieses Spinnending befand sich zwischen ihr und den Bäumen auf dieser Seite der Lichtung, aber es hielt sich noch zwischen den Ästen zurück. Vielleicht würde es nicht ganz bis auf die Lichtung kommen. Jane zwang ihre zitternden Beine, ihr zu gehorchen, und versuchte, vorsichtig rückwärtszugehen. Das goldene Moos klebte an ihren Füßen, als sie sie anhob, aber sie schaffte es, eine kleine Strecke zurückzuweichen.

Zu ihrem Entsetzen huschte die Spinne ebenfalls vorwärts und Jane erstarrte erneut. Das Moos reichte ihr nun bis über die Knöchel und sie konnte spüren, wie es an ihrer Haut klebte.

Ich stehe auf einer riesigen Fliegenfalle, dachte sie hysterisch, als sie sich panisch nach irgendeiner Waffe umschaute. Die Zweige und Steine, die ihren Weg gesäumt hatten, waren nun, da sie sie gebrauchen konnte, verschwunden. Während ihr Blick über den Boden wanderte, erregte ein weißes Schimmern zwischen einer Ansammlung der weißen Blumen ihre Aufmerksamkeit. Wenn sie diesen Stein in die Finger kriegen konnte …

Sie zog einen Fuß aus dem Moos und machte einen halben Schritt in diese Richtung. Die Spinne klackerte drohend mit ihrem Kiefer, aber sie kam nicht näher. Jane blickte wieder zu Boden, um den Abstand zu diesem Stein einzuschätzen. Sie konnte jetzt mehr davon erkennen, seltsam rund und weiß in dem goldenen Moos …

Ihr Magen überschlug sich, als ihr endlich klar wurde, dass es gar kein Stein war – es war ein Schädel.

Mr. Tiddles zitterte auf ihrer Schulter, aber er knurrte die Spinne leise und trotzend an, die sie noch immer vom Waldrand aus beobachtete. Jane musste Mr. Tiddles wegen tapfer sein, und auch für sich selbst. Ohne die Spinne aus den Augen zu lassen, beugte sie sich hinunter und griff nach dem Schädel. Das Moos klebte an ihren Fingern, als sie es berührte, aber sie schaffte es, ihre Hand zusammen mit dem Schädel wieder hervorzuziehen.

Das Gewicht des Knochens schenkte ihr einen Funken Hoffnung, aber sie war sich nicht ganz sicher, wie sie den Schädel einsetzen sollte. Sie bezweifelte, dass sie ihn stark genug werfen konnte, oder gerade genug, um der Spinne nennenswerten Schaden zuzufügen. Stattdessen entschied sie sich, damit ihren Beutel zu beschweren. Mit einem befriedigenden Plumps fiel er in den Beutel und Jane krallte ihre Finger um den Trageriemen.

Und was nun? Sie könnte versuchen, die andere Seite der Lichtung zu erreichen, aber das Moos war in der Mitte der Lichtung sogar noch dichter als hier, die Ansammlungen von Blumen noch größer. Das Moos klebte ohnehin schon an ihren Füßen und Knöcheln und sie befürchtete, dass sie sich kaum noch befreien konnte, wenn sie noch tiefer hineinwatete. Die Spinne beobachtete sie noch immer vollkommen regungslos. Jane versuchte, noch ein paar Schritte vor ihr zurückzuweichen, sich parallel zum Waldrand zu bewegen, aber sobald sie sich bewegte, fauchte die Spinne auf und folgte ihr.

Ihre Knie zitterten, aber sie konnte nicht einfach hier herumstehen, bis die Nacht hereinbrach. Je länger sie an einem Ort verweilte, umso mehr fühlte es sich an, als ob sie am Boden festkleben würde.

„Ich glaube, wir müssen uns aus dem Staub machen", murmelte sie Mr. Tiddles zu und schwang ihren Beutel probeweise hin und her.

Die spindeldürren Beine der Kreatur sahen nicht besonders kräftig aus. Mit ein bisschen Glück konnte sie den Beutel stark genug schwingen, um einige der Beine zu brechen und möglicherweise zu entkommen. Sie machte einen vorsichtigen Schritt auf die Bäume zu, dann noch einen, aber die Spinne spiegelte ihre Bewegungen. Jeder Schritt brachte sie ein wenig näher und Janes Herz sank, als ihr klar wurde, dass die Spinne sie erwischen würde, bevor sie den Dschungel erreicht hatte.

„Verschwinde einfach, verdammt noch mal!", schrie sie, als Angst und Frustration überkochten.

Zu ihrer Überraschung wich die Spinne tatsächlich etwas zurück. Hatte ihr Schreien sie eingeschüchtert?

„Verschwinde!", brüllte sie noch einmal und Mr. Tiddles steuerte sein winziges Knurren bei.

Ihr Herz hämmerte noch heftiger, als die Spinne sich auf die Hinterbeine stellte, aber gerade, als sie zu hoffen begann, dass sie sich zurückziehen würde, ließ sich die Kreatur wieder auf die Vorderbeine fallen und rannte auf sie zu.

Ein ohrenbetäubendes Gebrüll hallte durch den Dschungel, als ein großer, grüner Mann aus den Bäumen heruntersprang und genau zwischen ihr und der angreifenden Spinne landete. Sie erstarrte vor Schreck, glotzte nur, während der Mann kurzen Prozess mit der Spinne machte, etwas Metallisches in seiner Hand aufblitzte und er den Kopf vom Körper der Spinne abtrennte, dass das gelbe Blut nur so spritzte. Der Körper zuckte, die Beine krabbelten noch, als der Kerl ihn leichter Hand auf die Mitte der Lichtung schleuderte. Sobald der Körper aufschlug, begannen kleine Ranken des Mooses über den Kadaver zu kriechen.

„Oh mein Gott", wisperte Jane, schockiert über das, was ihr womöglich zugestoßen wäre, wenn sie weiter auf die Lichtung hinausgegangen wäre.

Ein Strom aus harschen Worten unterbrach ihre Gedanken und sie drehte sich um und entdeckte ihren Retter, der auf sie zugestapft kam. Er sah nicht gerade begeistert aus.

Sie vermutete, er wäre unter jeden Umständen eine imponierende Erscheinung gewesen. Er war mindestens dreißig Zentimeter größer als sie und sein ganzer Körper war über und über mit Muskeln bedeckt – das alles war deutlich sichtbar, weil er nichts weiter trug als ein dünnes Seil, das er um seine Taille gebunden hatte. Sein Körper war im Prinzip der eines Menschen, aber kein Mensch hatte jemals Haut in so unterschiedlichen Grünschattierungen gehabt, noch so schneeweiße Reißzähne, die sie nur allzu deutlich erkennen konnte, während er sie schalt. Er hatte kurze, dunkle Haare, und als er näher kam, konnte sie die dunklen Wimpern erkennen, die seine Augen aus wildem Gold und mit katzenartigen Pupillen einrahmten.

Er blieb vor ihr stehen, so nah, dass sie die Hitze spüren konnte, die sein Körper ausstrahlte, während er sie weiterhin anbrüllte. Auch wenn es schwer war, von diesem riesigen, wütenden Mann nicht eingeschüchtert zu sein, wurde die Erleichterung über ihre Rettung schließlich von ihrem Ärger übertrumpft.

„Hör auf, mich anzuschreien! Ich habe keine Ahnung, was du sagst, und ich will es, glaube ich, auch gar nicht wissen. Ja, es war ein dummer Fehler und das weiß ich jetzt – aber mich anzubrüllen, ändert doch nichts daran!"

Zum Ende ihrer Standpauke hin brüllte sie fast so laut wie er, und endlich verstummte er, starrte von seiner beeindruckenden Höhe aus auf sie hinunter und sie tat ihr Bestes, um der Hitze dieses zornigen, gelben Blicks zu trotzen. Dann machte sie die Schultern gerade und starrte grimmig zurück. Und dann, zu ihrer absoluten Überraschung, brach er in Gelächter aus.

TARAXAN HATTE KEINE AHNUNG, was das Weibchen sagte, aber sie hatte eindeutig die Geduld mit seiner Lektion verloren. Das konnte er ihr nicht verübeln. Das Wissen darüber, wie nah sie dem Desaster gekommen war, hatte ihn aus seiner üblichen Gelassenheit gerissen. Er hatte den Fehler gemacht, etwas zurückzufallen, um mehr Obst für sie zu sammeln, hatte sich von dem Ausbleiben der Gefahren tagsüber in falsche Sicherheit lullen lassen.

Als er sie wieder eingeholt und entdeckt hatte, wie sie sich mit nichts weiter als einer provisorischen Schleuder bewaffnet dieser Spinne gestellt hatte, hatte sein Herz wortwörtlich einen Schlag ausgesetzt. Obwohl ihre Tapferkeit ihn beeindruckt hatte, wollte er unbedingt dafür sorgen, dass sie diesen Mut in Zukunft nie wieder brauchen würde.

„Du bist ein sehr mutiges Weibchen", räumte er ein, froh darüber, dass sein Zorn sie nicht eingeschüchtert hatte. Oder vielleicht hatte sie erkannt, dass er nicht wütend auf sie, sondern vielmehr auf sich selbst war, weil er sie in Gefahr hatte tappen lassen. Er seufzte und sprach weiter. „So hatte ich mich eigentlich nicht vorstellen wollen, aber ich bin Kommandant Taraxan Bellkandis.“

Er machte einen formellen Bückling und zu seiner Überraschung biss sie sich auf die Unterlippe und trat einen Schritt zurück.

„Taraxan Bellkandis“, wiederholte er langsam und deutete auf seine Brust.

Noch einmal wiederholte er den Namen, bevor sie versuchte, ihn auszusprechen. Ihr Akzent war grauenhaft und sie stolperte wiederholt über seinen Namen, bis sie endlich „Tarax“ über die Lippen brachte.

Gut genug, entschied er. Dann tippte er entschieden auf ihre Brust. „Und du bist?“

Bei seiner Berührung zuckte sie zusammen und ihre blauen Augen sahen ihn ihrem blassen Gesicht ganz riesig aus.

„Ich will dir nichts Böses“, sagte er so sanft wie möglich. „Ich will nur deinen Namen wissen.“ Wieder tippte er auf seine Brust. „Taraxan. Und du bist …“

Er streckte wieder die Hand nach ihr aus, aber sie schnappte danach, bevor er sie berühren konnte. Ihre kleinen Finger waren nicht stark genug, um ihn aufzuhalten, aber er verstand, dass sie es versuchte. Die Berührung ihrer weichen Haut auf seiner schickte einen unerwarteten Blitz der Lust durch seinen Körper. Er drehte seine Hand so, dass er ihre Finger in seine nehmen konnte, und wieder wurden ihre Augen groß.

„Wasmachstdudennda?“

Die Worte waren unverständlich, aber die Bedeutung war klar und er drückte sanft ihre Hand.

„Ich will dir nichts Böses, kleines Weibchen. Wie heißt du?“

Endlich schien sie zu verstehen, deutete mit ihrer freien

Hand auf ihre Brust. „Jane."

„Jayn?" Er brauchte mehrere Anläufe, bevor sie schließlich mit den Schultern zuckte und nickte. „Jayn", sagte er noch einmal zufrieden, mochte den Klang ihres Namens auf seinen Lippen.

Ihr kleiner Gefährte hatte die ganze Zeit über auf ihrer Schulter gehockt, hatte ihn neugierig beäugt und schnatterte nun heiter mit ihm.

Taraxan lachte. „Ich weiß, du bist Mistah Tiddls."

„Woherkennstduseinennamen?", fragte Jayn erstaunt.

Wieder starrte sie ihn argwöhnisch an und versuchte, ihre Hand zurückzuziehen. Er war noch nicht dazu bereit, aber er ließ widerwillig ihre Finger los. Er erwartete fast, dass sie davonrennen würde, aber stattdessen trat sie nur einen Schritt zurück und starrte ihn an.

„Ichnehmenichtandukennstden *Weg* hierraus? Oderkannstdumirhelfendiesenortzu *finden*?", fragte sie. Ein paar ihrer Wörter ergaben Sinn und ihm wurde klar, dass das Übersetzungsimplantat anfing, ihre Sprache zu entschlüsseln.

Sie griff nach ihrem Beutel, verzog das Gesicht, als sie den Schädel berührte, den sie als Waffe ausgewählt hatte. Als sie ihn wegwerfen wollte, griff er nach ihrer Hand und schüttelte den Kopf.

„Behalte ihn noch. Ich habe nicht vor, dich wieder der Gefahr in die Arme laufen zu lassen, aber es kann nie schaden, vorbereitet zu sein."

Stirnrunzelnd blickte sie zu ihm hoch, dann nickte sie und steckte den Schädel zurück in die Tasche, wühlte kurz darin herum und zog dann ihre Karte hervor.

„Kannstdumichzudiesem *Ort* bringen?"

Sie deutete auf den Zielpunkt auf ihrer Karte, und als er die Karte jetzt aus der Nähe betrachtete, erkannte er, dass ihr Ziel mit seinem identisch war. Außerdem fiel ihm auf, dass sie zu glauben schien, er wäre ein Einheimischer dieses Planeten. Ohne eine gemeinsame Sprache würde er ihr nur schwerlich erklären können, dass auch er auf diesem Planeten ausgesetzt worden war. Und ehrlich gesagt, was machte das schon für einen Unterschied? Ihre Annahme würde ihm erlauben, sie zu begleiten und sie vor Gefahren zu beschützen.

Er nickte. „Ja, ich bringe dich dorthin." Er warf einen flüchtigen Blick in den Himmel. „Wir sollten noch weiter gehen, bevor die Sonne untergeht, und ich bin beruhigter, je weiter wir von diesem Ort fortkommen. Sollen wir los?"

Er hielt ihr seine Hand hin. Wieder zögerte sie, aber dann legte sie ihre kleine, weiche Hand in seine und Zufriedenheit rauschte durch ihn hindurch. Sie würde seinen Schutz akzeptieren.

5

Verstohlen blickte Jane immer wieder zu ihrem neuen Wegbegleiter, während sie durch den Wald wanderten. Das war also ein Einheimischer dieses Planeten – ganz und gar nicht das, was sie erwartet hatte. Sie wollte diesem geschenkten Gaul nicht ins Maul schauen, aber sie konnte nicht umhin, sich zu fragen, warum er aufgetaucht war und sie gerettet hatte. Und warum war er gewillt, sie zu diesem Ort auf ihrer Karte zu bringen? Hatte er keine Familie oder Freunde?

Wieder blickte sie zu ihm auf, nur um ihn dabei zu ertappen, wie er mit seinen seltsamen, goldenen Augen wiederum sie musterte. Als sie rot wurde, grinste er, und trotz der weißen Reißzähne war es ein unwahrscheinlich attraktives Grinsen. Ehrlich gesagt war er trotz seiner Unterschiede ein ausgesprochen attraktiver Mann. Sie hatte nie besonders auf athletische Männer gestanden, aber hier im Dschungel waren seine definierten Muskeln und sein kompetentes Auftreten durchaus verlockend.

Sie war so beschäftigt damit, ihn anzustarren, dass sie über einen halb versteckten Ast stolperte und taumelnd stehen blieb. Tarax hielt ebenfalls an, musterte sie nachdenklich, bevor er die Arme ausbreitete, als ob er sagen wollte: Schau mich ganz in Ruhe an. Sie ertappte sich dabei, wie sie sich auf seine Brust konzentrierte, wo die Erhebungen seiner Muskeln die Schattierung seiner Haut aufzubrechen schienen.

Neugierig streckte sie eine Hand aus, aber es fehlte ihr der Mumm, ihn tatsächlich zu berühren. Mit einem ungeduldigen Knurren griff er nach ihrer Hand und presste sie fest gegen seine Brust. Seine sehr harte Brust. Seine massigen Brustmuskeln fühlten sich eher an wie Panzerplatten als wie Haut, dachte sie, als sie sie erforschte.

Trug er womöglich tatsächlich eine Art Ganzkörperanzug, fragte sie sich, aber dann erreichten ihre neugierigen Finger seinen Bauch. Noch immer beeindruckend muskulös, aber mit der warmen Festigkeit von Haut anstatt einer Rüstung. Ihre Finger glitten über die Erhebungen der Bauchmuskeln, eins, zwei, drei … Mein Gott, er hatte mindestens ein Eightpack.

Aber dann stieß er ein gedämpftes Geräusch aus. Erschrocken blickte sie auf und sah, dass sein Gesicht regungslos war, seine Augen geschlossen. Aber sie konnte ihm doch unmöglich weh tun, oder? Erneut senkte sie den Blick und … ach du meine Güte.

Die Wirkung ihrer Erkundung war allzu deutlich. Er hatte noch keine volle Erektion, aber sein beeindruckender Schwanz war eindeutig dicker, regte sich unter ihrem Blick. Aber es war nicht nur die Größe, die sie starren ließ. Weitere Erhebungen bedeckten seine Oberfläche, schwollen an, während sie zuschaute.

Sie begann, ihre neugierigen Finger auszustrecken, dann kam sie zu Sinnen und sprang einen Schritt zurück. „Tut mir leid. Ich wollte dich nicht, ähm, erregen. Ich war nur neugierig. Danke, dass ich dich berühren durfte, aber vielleicht sollten wir jetzt weiter gehen …"

Ihre Worte verstummten in einem Gestöber der Verlegenheit. Er antwortete nicht, aber als sie wagte, einen Blick auf sein Gesicht zu werfen, sah er beinah amüsiert aus. Hmpf. Nicht ganz sicher, ob sie diese Reaktion zu schätzen wusste, warf sie einen letzten Blick auf diesen viel zu verlockenden Schwanz, hob ihr Kinn und drehte sich um, um ihre Reise fortzusetzen. Und stolperte prompt über eine Ranke.

Tarax fing sie auf, natürlich, und für eine Sekunde schien seine Hand auf ihrer Taille zu verweilen, bevor er sie wieder auf die Füße stellte. Er griff nach ihrer Hand und sie gingen davon.

Schnell wurde ihr klar, wie viel einfacher es war, mit ihm zusammen unterwegs zu sein. Er schlug einen Pfad durch das Unterholz, zog Ranken aus dem Weg, stützte sie, wenn sie über irgendwelche versteckten Hindernisse stolperte. Sie fand es noch immer seltsam, dass er ihre Hand halten wollte, aber sie konnte nicht abstreiten, dass sein fester Griff ihr Zuversicht gab.

Als die letzten Sonnenstrahlen durch die Bäume fielen, fing sie an, sich zu fragen, wann oder sogar ob sie für die Nacht rasten würden. Trotz seiner Hilfe war sie erschöpft. Ihre Beine und ihre Füße schmerzten und sie wollte sich einfach nur hinsetzen.

„Sollten wir nicht einen Rastplatz suchen?", fragte sie. „Ich könnte eine Pause gebrauchen."

Er blickte auf sie hinunter, antwortete aber nicht und wurde auch nicht langsamer.

Sie versuchte es erneut. „Schau, mir ist klar, dass du hier zu Hause bist, aber ich bin es nicht und ich bin so viel Anstrengung nicht gewohnt. Ich bin dir sehr dankbar, dass du mich zu diesem Ort bringst, aber ich denke wirklich, dass wir jetzt für die Nacht anhalten sollten."

Als er noch immer nicht anhielt, versuchte sie, ihre Hand aus seiner zu ziehen. Das ließ ihn anhalten, auch wenn er ihre Hand nicht losließ, und ihr wurde schnell klar, dass sie sich seinem Griff nie würde entziehen können, es sei denn, er entschied sich, ihre Hand loszulassen.

„Können wir anhalten?" Sie deutete auf den Boden. „Für die Nacht?" Dieses Mal deutete sie auf die untergehende Sonne.

Er legte den Kopf zur Seite und musterte sie, also versuchte sie es wieder mit Händen und Füßen. Presste ihre Handflächen zusammen, die eine Hand noch immer in seiner, hob ihre Hände zu ihrem Kopf und legte ihre Wange darauf. War das womöglich das universelle Zeichen für schlafen?

Er nickte und sie seufzte erleichtert auf, aber dann ging er plötzlich weiter.

„Nein. Ich will nicht weitergehen."

Wieder hielt er an und sagte etwas in seiner knurrenden Sprache.

„Ich habe keine Ahnung, was du sagst, aber ich bin müde und ich will für heute anhalten." Bei den letzten Worten brach ihre Stimme vor Erschöpfung und die Ereignisse des Tages holten sie ein.

Sein Gesicht wurde weicher und bevor sie reagieren konnte, hob er sie in die Arme, als würde sie nichts wiegen, drückte sie wie ein Baby an seine harte Brust. Sowohl sie als auch Mr. Tiddles stießen einen erschrockenen Schrei aus, aber Tarax lächelte sie nur an und begann, weiterzuwandern. Sie wollte protestieren, aber er war offensichtlich entschlossen, nicht anzuhalten, und es war eine große

Erleichterung, nicht mehr auf den eigenen Beinen stehen zu müssen.

Zuerst war sie ganz steif, versuchte, ein Maß von Würde zu wahren, aber sein stetiges Tempo und die warme Geborgenheit seiner Arme übermannten ihre Zurückhaltung schnell. Mit einem müden Seufzen legte sie ihren Kopf an seine Schulter. Mr. Tiddles rollte sich in ihren Armen zusammen, schloss ebenfalls die Augen.

Wenn ihr jemand vor einer Woche erzählt hätte, dass sie einschlafen würde, während sie von einem riesigen Einheimischen durch einen außerirdischen Dschungel getragen wurde, hätte sie ihnen ins Gesicht gelacht. Aber während die Schatten länger wurden, tat sie genau das, und erst, als Tarax sie in seinen Armen zurechtrückte, wachte sie wieder auf.

Er hatte sie fest an seine Seite gepresst, einen Arm unter ihrem Arsch, während er mit dem anderen … kletterte? Oh, mein Gott! Sie schnappte nach Luft und warf die Arme um seinen Hals, als ihr klar wurde, dass sie sich auf halbem Wege einen dieser riesigen Dschungelbäume hinauf befanden. Mr. Tiddles piepste protestierend, als sie ihn zwischen sich und Tarax' Körper einquetschte, und widerwillig löste sie ihren Griff etwas.

Tarax grummelte etwas, das vermutlich beruhigend sein sollte, aber er klang ein bisschen zu belustigt für ihren Geschmack.

„Verdammt. Menschen gehören nicht auf Bäume", murmelte sie. „Ich glaube wirklich nicht, dass das eine gute Idee ist."

Zu ihrer Erleichterung kam er einen Augenblick später zum Halt und ließ sich an einer Stelle nieder, an der zwei starke Äste aus dem Baumstamm wuchsen. Er hielt sie noch immer in seinen Armen und sie saß schließlich auf seinem Schoß – seinem vollkommen nackten Schoß. Plötzlich war sie sich der warmen Stärke seiner Oberschenkel unter ihr extrem bewusst, und sie wollte schon aufspringen, nur um es sich wieder anders zu überlegen, als ihr klar wurde, dass der Ast nicht breit genug für sie beide war.

Tarax stieß wieder dieses rumpelnde Lachen aus und zog sie zurück. Sie wand sich unbehaglich hin und her und er stieß ein weiteres Geräusch aus. Dieses Geräusch klang allerdings nicht mehr belustigt und sie spürte plötzlich, wie sein Schwanz unter ihrem Hintern steifer wurde. Sie erstarrte, war sich unangenehm bewusst, dass sie absolut keine Chance hatte, ihn abzuwehren, sollte er sie ausnutzen wollen. Die Hitze seines Körpers umgab sie, seine Arme hielten sie steif, aber behutsam fest, und ihr Herz raste – aber nicht nur aus Angst.

Er knurrte noch etwas, ein leises Rumpeln, das irgendwie beruhigend wirkte, während seine Arme sich kurz um sie zusammenzogen, was sich wie eine Umarmung anfühlte. Sie saß noch ein paar Augenblicke stocksteif da, aber obwohl sein Schwanz noch immer riesig und steif unter ihr lag, machte er weiter nichts und schließlich entspannte sie sich.

Mr. Tiddles war aus ihren Armen gesprungen, als sie sich hingesetzt hatte, und erkundete nun die Umgebung, zwitscherte leise vor sich hin. Schläfrig beobachtete sie ihn, war erschöpft von dem langen Tag.

Taraxan veränderte seine Position ein wenig, klemmte seinen steifen Schwanz fester zwischen ihrer Pobacken und sie biss sich auf die Lippen. Aber er tat nichts weiter, als an seinen Gürtel zu greifen und eine Handvoll Früchte hervorzuziehen, die er ihr anreichte.

Es waren die gleichen pinken Früchte, die vorher schon aus den Bäumen zu ihr heruntergefallen waren.

„Hast du die für mich fallenlassen, als ich das letzte Mal Rast gemacht habe?", fragte sie, drehte den Kopf und schaute ihn an. „Du bist mir schon länger gefolgt, oder?", fügte sie hinzu.

Das verstimmte sie nicht wirklich. So wie sie es sah, hatte er auf sie aufgepasst, zuerst, indem er ihr Essen besorgt hatte, dann, als er sie vor der Spinne gerettet hatte.

„Warum hast du dich nicht gezeigt?"

War er scheu, fragte sie sich. Aber als sie in dieses starke, kompetente Gesicht schaute, das sie erneut mit einem belustigten Ausdruck musterte, verwarf sie diesen Gedanken.

„Hm. Jedenfalls kann es nicht aus dem Grund gewesen sein, dass du mich für eine Gefahr für dich gehalten hast. Hast du mich ausgecheckt?"

Dieser Gedanke rief eine ganz neue Ladung Sorgen hervor. Sie hatte angenommen, er hätte zugestimmt, sie zu dem Ziel auf ihrer Karte zu bringen, aber was, wenn er etwas Finstereres im Sinn hatte? Sie hatte keine anderen Einheimischen gesehen. Vielleicht waren ihre Frauen so selten, dass er hocherfreut gewesen war, überhaupt eine zu finden, selbst wenn es eine Außerirdische war. Sie warf ihm einen argwöhnischen Blick zu und er schüttelte den Kopf und seine Reißzähne blitzen mit diesem überraschend attraktiven Lächeln auf, als ob er wüsste, was sie dachte.

Er sagte etwas in seiner harschen Sprache, von dem sie gern glauben wollte, dass es sie beruhigen sollte. Dann nahm er eine der pinken Früchte und hob sie an ihren Mund. Seufzend akzeptierte sie das Obst. Die Frucht schmeckte heute Abend genauso köstlich wie vorhin schon. Sie aß die Hälfte von ihnen auf, bevor sie ein schlechtes Gewissen bekam, weil sie seinen ganzen Vorrat verschlang, und bot ihm auch eine Frucht an. Entschieden schüttelte er den Kopf, dann murrte er missbilligend, als Jane sie Mr. Tiddles anbot. Aber er hielt sie nicht davon ab, mehrere der Früchte an ihren kleinen Gefährten zu verfüttern.

Als sie mit essen fertig war, war es vollkommen dunkel geworden und ihre Lider wurden schwer. Sie hätte alles für einen warmen Waschlappen und eine Zahnbürste gegeben, aber sie war zu schläfrig, als dass sie ihnen mehr als einen flüchtigen Gedanken schenkte. Tarax drückte sie an sich, als Mr. Tiddles sich wieder zu ihnen gesellte, und sie protestierte nicht, lehnte ihren Kopf an seine unerwartet gemütliche Schulter und schlief ein.

Taraxan spürte den Moment, in dem Jayn ihrer Erschöpfung unterlag, und rückte sie vorsichtig zurecht, um die Strapazen seines schmerzenden Schwanzes etwas zu lindern. Ihm war nicht klar gewesen, wie verlockend es sein würde, sie an sich gepresst zu spüren. Er hatte noch nie ein Problem gehabt, seine Erregung zu kontrollieren, aber er hatte auch das Vergnügen nicht vorhergesehen, sie in den Armen zu halten.

Das weibliche Geschlecht war ihm nicht unbekannt, aber er hatte seine bisherigen Begegnungen immer absichtlich kurz und formell gehalten. Auch wenn es bei den Doturanern seit jeher eine Tradition der allumfassenden Paarung zwischen Männchen und Weibchen gab, hatte er vor langer Zeit entschieden, dass das nichts für ihn war. Er hatte nicht vor, der Schwäche zu unterliegen, die seinen Vater dazu gebracht hatte, ihn zu verlassen, indem er seiner Mutter in den Tod gefolgt war. Seine Entscheidung, sich nicht in einer Partnerschaft zu binden, war nie auf die Probe gestellt worden, und dennoch …

Jayn im Arm zu halten, sie zu beschützen und sich um sie zu kümmern, erfüllte etwas in ihm, von dem er geschworen hätte, dass es nicht existierte. Aber das war ein

Teil von ihm, der keine Zukunft hatte. Er würde auf seinen Planeten zurückkehren und sie würde zweifelsohne auf ihren Planeten zurückkehren. Die Nähe, die er zu ihr empfand, war einfach nur dieser Überlebenssituation geschuldet, in der er sich zusammen mit diesem begehrenswerten Weibchen befand.

Sehr begehrenswert, dachte er mit einem stummen Stöhnen, als sie sich im Schlaf bewegte und ihr provisorisches Cape von ihrem Körper rutschte. Eine volle Brust rieb sich verlockend an seinem Arm und er konnte spüren, wie sich ein Nippel an seine Haut drückte. Seine Hand verzehrte sich danach, diese kleine, verführerische Spitze zu erkunden und zu sehen, wie sie reagierte, aber er zwang sich, stillzusitzen. Er hatte versprochen, sie nicht auszunutzen, und obwohl er wusste, dass sie ihn nicht verstanden hatte, hatte er ihr sein Wort gegeben. Mit einem Seufzen lehnte er seinen Kopf an den Baumstamm und machte sich bereit auf eine lange, frustrierende Nacht.

6

Jane träumte, befand sich wieder an diesem tropischen Strand, zusammen mit einem mysteriösen Liebhaber. Aber diesmal tat er mehr, als nur mit seinen Fingern über ihre Beine zu streicheln. Dieses Mal konnte sie ihn unter sich spüren, spürte die feste Stärke seines Körpers, als ihre Brüste über seine harten Brustmuskeln rieben. Das schwere Gewicht seines Schwanzes war zwischen ihre Beine geklemmt, heiß und hart und verlockend. Sein Umfang teilte ihre Schamlippen und ihr Körper war feucht und bereit. Sie wiegte mit den Hüften, rieb sich an seinem dicken Schaft.

Ein dunkles Rumpeln hallte aus der Brust unter ihr hervor, schickte eine kitzelnde Aufregung durch ihre sensiblen Brüste, und sie bewegte sich schneller, suchte nach der Lust, die gerade außerhalb ihrer Reichweite zu warten schien. Große Hände griffen nach ihrem Arsch, halfen ihr, sich zu bewegen, und die Stärke dieser Finger riss sie endlich aus dem Schlaf.

Ihre Augen öffneten sich und erblickten Tarax, der sie beobachtete, seine golden Augen förmlich flammend.

Seine Finger krallten sich in ihren Arsch, aber er bewegte sich nicht mehr. Noch halb schlafend und in den Überresten ihres Traums verfangen, überwand das verlangende Sehnen in ihrem Körper ihre Verlegenheit und sie drückte sich instinktiv auf ihn hinunter. Er stöhnte auf und begann, sie vor und zurück über die ganze Länge seines Ständers gleiten zu lassen.

Irgendwo tief unten in ihrem Verstand erkannte sie, dass irgendetwas anders war, aber es fühlte sich zu gut an, als dass sie innehalten und es analysieren wollte. Sie wusste nur, dass mit jedem Hin- und Hergleiten eine harte Erhebung gegen ihren Kitzler rieb und Wogen der Lust durch sie hindurchschickten. Seine Hände spreizten ihre Beine weiter, entblößten mehr ihrer empfindlichen Haut dieser wundervollen Empfindung. Sie schrie auf und er erhöhte das Tempo, bis sie zitterte und sich am Rand der Ekstase befand, dann schoss eine Flut aus heißer Flüssigkeit gegen ihr überempfindliches Nervenbündel und trieb sie in den Abgrund eines bebenden, unendlichen Höhepunkts. Endlich wurde sein Griff lockerer, aber er wiegte sie weiterhin sanft vor und zurück, bis ihr Körper aufhörte, zu beben.

„Oh, mein Gott." Die Röte stieg ihr in die Wangen, als ihr Höhepunkt endlich verebbt war und ihr klar wurde, was sie getan hatte. Sie versuchte, zu schnell aufzustehen, rieb sich dabei aber nur wieder an ihm. Sie stöhnten beide auf. Als sie den Blick senkte, wurde ihr klar, dass es sein Höhepunkt gewesen war, den sie gespürt hatte. Dicke Schlieren einer goldenen Flüssigkeit bedeckten seinen Bauch und ihre Oberschenkel.

Wieder versuchte sie, sich wegzuziehen und von ihm hinunterzuklettern, aber er knurrte etwas und hielt ihre Hüften fest. Ihr benommener Verstand brauchte einen

Augenblick, um zu begreifen, dass sie sich noch immer hoch oben in einem Baum befanden.

„Ich schätze, ich kann nicht einfach wegrennen, oder", murmelte sie.

Auch wenn er ihre Worte nicht verstand, musste er die Bedeutung begriffen haben, denn er lächelte sie zufrieden an.

„Du brauchst gar nicht so selbstgefällig zu schauen. Ich habe nur geträumt und du warst zufällig da."

Er runzelte die Stirn und sie entschied, dass er auch diese Bedeutung verstanden hatte. Augenblicklich überkamen sie die Schuldgefühle. Ja, sie hatte geträumt, aber als sie aufgewacht war, hatte sie genau gewusst, dass er es war, und sie hatte nicht aufhören wollen.

In einer stummen Entschuldigung tätschelte sie seine Brust und zum ersten Mal fielen ihr die schützenden Erhebungen wieder ein, die seine Brustmuskeln bedeckten. Noch halb benommen erkundete sie diese Gegend, fand die Stelle, an der die Erhebungen aufhörten und in die festen Muskeln seines Bauchs übergingen. Automatisch ließ sie den Blick zu dem Schwanz sinken, an dem sie sich so schamlos gerieben hatte. Tags zuvor war sie zu verlegen gewesen, um genauer hinzusehen, aber nun war es ein bisschen spät für Sittsamkeit.

Trotz der dunkelgrünen Farbe war sein Schwanz einem menschlichen Penis nicht unähnlich – auch wenn er definitiv größer war als alle anderen Schwänze, die sie je zu Gesicht bekommen hatte. Aber die gleichen Erhebungen, die seine Brust bedeckten, bedeckten auch seinen Schwanz, und ihr wurde klar, dass es das gewesen war, was diese köstlichen Empfindungen hervorgerufen hatte. Mit ihrem Finger fuhr sie seinen Schaft entlang, dann wurde sie rot und zog hastig die Hand zurück.

Was stimmte denn nicht mit ihr? Sie war im Schlafzimmer nie besonders abenteuerlustig gewesen – oder besonders erfolgreich, was Freunde anging, wenn man ehrlich war. Ganz sicher war sie nie jemandem wie Tarax begegnet. Offensichtlich, dachte sie bei sich, vermutete aber, dass er auch als menschlicher Mann ein außergewöhnliches Exemplar gewesen wäre.

Sie blickte auf und sah, wie er sie beobachtete, aber zu ihrer Erleichterung schien er eher nachdenklich als selbstgefällig zu sein. Mit einer überraschend zärtlichen Geste berührte er ihre Wange und sie überkam das seltsamste Bedürfnis, in Tränen auszubrechen. Stattdessen zwang sie sich ein Lächeln aufs Gesicht.

„Ich schätze, wir sollten besser weitergehen, oder?"

Wieder schien er zumindest die Bedeutung ihrer Worte zu verstehen. Scheinbar widerwillig nickte er, dann hob er sie von seinem Schoß. Sie quiekte auf, als er sie durch die Luft schwang, aber er hielt sie fest im Arm, als er aufstand und sie wieder einmal an seine Seite presste.

„Warte! Wo ist Mr. Tiddles?"

Eine vertraute Stimme schnatterte aufgeregt hinter ihr und sie blickte über die Schulter und entdeckte ihren kleinen Gefährten, der heiter an einem großen, vielbeinigen Insekt herumnagte. Sie schauderte, froh, nicht mitbekommen zu haben, was für eine Kreatur in der Nacht mit ihnen den Baum geteilt hatte.

„Weiter geht's", rief sie ihm zu, dann zog sie eine Grimasse, als er sich den Rest des Insekts in den Mund stopfte, bevor er fröhlich in ihre Arme sprang.

„Igitt." Sie schüttelte sich. „Ich hoffe, du hast es ganz hinuntergeschluckt."

Tarax gluckste und sie schaute ihn stirnrunzelnd an. „Kannst du verstehen, was ich sage?"

Er neigte den Kopf zur Seite, musterte ihr Gesicht,

aber er antwortete nicht und sie seufzte. „Nein, scheinbar nicht. Ich schätze, ich bin nur leicht zu lesen."

Er öffnete den Mund, dann schüttelte er den Kopf und schloss ihn wieder. Er schlang seinen Arm eng um sie, dann griff er mit der anderen Hand nach einer Schlingranke und sprang vom Ast. Ihr Schrei hallte hinter ihnen durch die Luft, als er behände zu Boden sprang. Sie zitterte noch immer, als er sie auf der Erde abstellte.

„Oh, mein Gott. Spring nie wieder von einem Baum, ohne mich vorher zu warnen. Ich dachte, ich würde sterben", schalt sie ihn.

Er sah tatsächlich angegriffen aus und sie seufzte und tätschelte seine Brust. „Ist ja gut. Ich weiß, dass du mich nicht sterben lassen würdest."

Für einen kurzen Moment berührte er wieder ihre Wange, dann ging er los, um nach den Wasserblättern zu suchen, während sie sich erleichterte.

Taraxan gab sein Bestes, die Augen nach möglichen Gefahren aufzuhalten, als sie ihre Reise fortsetzten, aber seine Gedanken waren noch immer mit den Ereignissen des Morgens beschäftigt. Als Jayn begonnen hatte, ihren üppigen Körper an ihm zu reiben, war er begeistert gewesen. Seine Zurückhaltung der vorherigen Nacht war ganz vergessen, als er auf sie reagiert hatte. Dann, als er bemerkt hatte, dass sie noch schlief, hatte er sich gezwungen, nicht weiterzumachen. Aber als sie ihm dieses süße Lächeln geschenkt und sich bewegt hatte, waren alle seine guten Absichten aus dem Fenster geflogen. Das Gefühl ihres weichen Körpers an seinem, ihre feuchte Erregung, die seinen Schwanz benetzt hatte, war zu viel gewesen, als dass er hätte widerstehen können. Er hatte sich in ihr verloren und sein Körper hatte ihn verraten, war vor Lust explodiert, ohne auf sie zu warten. Zum Glück hatte sein Höhepunkt wiederum ihren ausgelöst und er hatte die köstliche Erfahrung machen dürfen, wie sie sich in seinen Armen vollkommen hatte gehen lassen.

Anschließend, als er ihre Verlegenheit und ihre Verwirrung bemerkt hatte, hatte er sie an sich ziehen wollen, hatte ihr versichern wollen, dass sie ihm wichtig war, ihr versprechen wollen, dass er sie niemals verlassen würde – seine Gedanken kamen abrupt zum Stillstand.

Du kannst dich nicht mit ihr verpartnern, erinnerte er sich. *Sie ist keine Doturanerin. Diese Gefühle werden von dieser Situation ausgelöst und sie werden verschwinden, sobald du wieder zu Hause bist.*

Aber trotz der Lektion, die er sich selbst hielt, schmerzte bei dem Gedanken an ihre zukünftige Trennung sein Herz. Er zwang sich, sich stattdessen auf die Gegenwart zu konzentrieren, solange sie noch zusammen waren.

Die Erholung der Nacht schien Jayn erfrischt zu haben, und er sah zu, wie sie interessiert die Umgebung betrachtete. Immer wieder blieb sie stehen, bückte sich und studierte die Pflanzen, stellte offensichtlich nachforschende Fragen. Es war klar, dass sie noch immer glaubte, er wäre ein Einheimischer dieses Planeten. Er hatte genauso wenig Ahnung von den Namen der Pflanzen, auf die sie deutete, wie sie, aber er hasste es, sie enttäuschen zu müssen.

Stattdessen gab er den Pflanzen irgendwelche beliebigen Namen seiner eigenen Sprache – pinke Blume, verdammt großes Blatt, goldene Regenpflanze. Das letzte war eine Ranke gewesen, von der unzählige kleine, gelbe Blüten heruntergehangen hatten. Er gab einem unerwarteten Impuls nach, pflückte eine der Ranken, band sie zu einem Kranz und setzte ihn Jayn auf ihre dunkle Mähne. Das scheue Lächeln, das sie ihm zuwarf, war mehr als genug Dank.

Während sie ihre Reise fortsetzten, plauderte sie weiter, sprach mit Mr. Tiddles und mit ihm. Er ermutigte sie so gut er konnte und sein Implantat griff mehr und mehr ihrer Sprache auf.

Als die Sonne an ihrem höchsten Punkt angekommen war, waren ihre Worte endlich verstummt und er sah, dass ihr die Füße langsam schwer wurden. Er erinnerte sich, wie sie gestern schon einen Mittagsschlaf gehalten hatte, und entschied, dass es sich lohnen würde, einen Rastplatz zu finden. Für eine Sekunde meldete sich Gewissen, weil er nicht so schnell wie möglich zu seinem Ziel weiterging, damit er zu seinen Pflichten zurückkehren konnte, aber er beruhigte es schnell. Hier in dem wilden Dschungel, mit seinem Weibchen – *einem* Weibchen – an seiner Seite, schienen Strategien und Gefechtstaktiken Lichtjahre entfernt. Seine Pflicht war es, sie zu beschützen.

Ein paar Minuten, bevor er sie durch einen weiteren Vorhang aus hängenden Ranken auf eine kleine Lichtung führte, war ihm der Geruch von Wasser in die Nase gestiegen. Wasser plätscherte über ein felsiges Flussbett und sammelte sich in einem glasklaren Teich, umgeben von üppiger, dunkelvioletter Vegetation. Jayn schnappte vor Freude nach Luft, dann zögerte sie, erinnerte sich offenbar an ihre letzte Erfahrung mit einer Lichtung.

„Istes *sicher*?", wisperte sie.

Vorsichtig ließ er seinen Blick über die Umgebung schweifen. Das Moos, das wie ein Teppich auf dem Boden lag, war das gleiche wie unter den Bäumen. Er konnte einige schwache Spuren erkennen, die zum Wasser führten, was zu erwarten war, und keine davon sah frisch aus. Widerwillig ließ er ihre Hand los, fand einen starken Ast und schleuderte ihn in die Mitte der Lichtung. Der Ast landete mit einem dumpfen Schlag auf dem Moos, aber kein Räuber erschien und die Lichtung blieb vollkommen ungestört, bis auf einen kleinen Schwarm leuchtend bunter Vögel, die von einem Baum zum anderen flatterten.

„Ich glaube, es ist sicher", sagte er versichernd, behielt aber sein Messer in der Hand, als sie zwischen den Bäumen hervortraten.

Augenblicklich ging Jayn auf den Teich zu, aber er schnappte sich ihre Hand, bevor sie in das verlockende Wasser springen konnte.

„Lass es mich erst überprüfen", sagte er entschlossen.

Es gefiel ihm nicht, dass ihre Augen bei seiner Warnung groß vor Furcht wurden, aber er würde mit ihrer Sicherheit kein Risiko eingehen. Ein paar Minuten später war er überzeugt, dass es sicher war. Der Teich war einfach das Wasser, das es auch zu sein schien, und es lauerten keine gefährlichen Kreaturen in den Untiefen. Er nickte ihr ermutigend zu.

„Nur zu."

Ihre Finger zitterten, als sie sie zögernd über die Wasseroberfläche hielt, also tauchte er seine eigene Hand in das kühle Wasser, um ihr zu zeigen, dass es sicher war. Angetrieben von einem unerklärlichen Impuls, spritzte er ein paar Tropfen in ihre Richtung.

Wieder riss sie die Augen auf, aber diesmal nicht vor Angst. Dann grinste sie, schaufelte etwas Wasser in ihre hohle Hand und erwiderte die Geste. Ihre Finger waren so klein, dass sie kaum genug Wasser spritzen konnte, um ihn zu erwischen, aber er spritzte das kühle Nass zurück, dann zuckte er zusammen, als er ihren ganzen Schopf übergoss. Sie maunzte wie eine erschrockene Straßenkatze, aber er musste bei ihrer Reaktion einfach lachen. Ihre braunen Augenbrauen hoben sich niedlich, dann steckte sie beide Hände in den Teich und schaufelte ihm das Wasser förmlich entgegen. Dieses Mal schaffte sie es, den Großteil seiner Brust zu erwischen, und mit einem verspielten

Gebrüll hob er sie in seine Arme und sprang mit ihr zusammen ins Wasser.

Der Teich war für ihn nicht besonders tief, aber sie versank bis über den Kopf im Wasser, dann tauchte sie wieder auf und prustete empört. Er lächelte sie entschuldigend an und zog sie zu sich, damit er sie stützen konnte und ihr Kopf nicht wieder unter der Wasseroberfläche verschwand. Ihre Körper waren aneinandergepresst und er bemerkte, dass das Blatt, das sie als Cape getragen hatte, nun vollkommen zerfiel. Die weiche Wärme ihrer Haut direkt an seiner hatte eine unvermeidbare Wirkung auf seinen Schwanz.

Jayn blickte zu ihm auf, als sein Schaft zwischen ihren Körpern steif wurde. Er zog sie sogar noch enger an sich, rieb sie zaghaft über seinen Ständer und ihre Lippen öffneten sich. Sie protestierte nicht, versuchte auch nicht, sich von ihm zu lösen, und er wiederholte die Bewegung, ließ jede Erhebung auf seinem Schwanz ganz langsam über ihr empfindliches Fleisch gleiten. Er spürte, wie ihre Erregung in einhüllte, wärmer und glitschiger als das Wasser um sie herum.

Er hob sie höher, hoch genug, dass die Spitze seines Schwanzes gegen die enge, kleine Öffnung ihres Körpers stoßen konnte. Ihr Atem stockte, aber sie protestierte noch immer nicht. Sie starrte ihn an, ihre Augen groß und blau, und dann beugte sie sich zu ihm, presste ihre unmöglich weichen Lippen gegen seine. Das war keine Gepflogenheit, die sein Volk oft ausübte, aber das verhinderte nicht das Aufblitzen der Erregung, die seinen Rücken hinunterschoss, und seine Hüften schnellten augenblicklich empor.

Die heiße Öffnung ihres Schlitzes rieb über die Spitze seines Schwanzes, aber ihr Körper widersetzte sich. Langsam begann er, tiefer zu stoßen … Und eine Reihe von empörten Quietschern klang vom Ufer des Teichs herüber.

Sofort schob er Jayn hinter sich, stellte sich zwischen sie und jegliche Gefahr. Auch als er erkannte, dass es nur Mistah Tiddls war, der gegen ihre Abwesenheit protestierte, überkamen ihn die Schuldgefühle. Er war zu versunken in seinem Verlangen gewesen, hatte nicht so aufgepasst, wie er es hätte tun sollen.

„Veh-damt", murmelte er und Jayn warf ihm einen verblüfften Blick zu, während sie zum Ufer zurückschwammen.

„Wohast *du* dasdennbloß *gelernt*, frageichmich?"

Er zog eine Augenbraue hoch und sie grinste ihn an, dann beugte sie sich zu ihm, strich mit ihren Lippen sanft über seine Wange.

„Tutmir *leid* wegenderunterbrechung."

Er stolperte beinah, als er sie aus dem Wasser trug. Meinte sie das ernst? Wollte sie ihn so sehr, wie er sie wollte? Sein Schwanz zuckte bei diesem Gedanken eifrig, aber der Schreck der Unterbrechung steckte ihm noch in den Knochen. Er musste zuallererst an ihre Sicherheit denken – auch wenn das Gefühl ihres üppigen, nackten Körpers, der an ihm hinunterglitt, als er sie widerwillig abstellte, seine guten Absichten beinah überrollte.

„Ich werde einen *sieh-chern* Ort schaffen", ließ er sie wissen, hoffte, sie würde die Bedeutung seiner Worte verstehen, als er sich umdrehte und mit seiner Arbeit begann.

7

Ein lautes Kreischen klang aus dem Dschungel herüber und Jane krallte nervös die Finger ineinander, während sie darauf wartete, dass Tarax von – wie sie *glaubte* – seiner Jagd zurückkam.

Sobald sie aus dem Teich gestiegen waren, hatte er angefangen, ein Camp zu bauen. Er hatte einige größere Blätter zusammengesucht, um ein Bett herzurichten – eins der Blätter hatte sie sich augenblicklich geschnappt, um sich ein weiteres Kleid zu basteln. Er hatte missbilligend die Stirn gerunzelt, aber sie hatte ihn ignoriert. Nackt im Teich oder in seinen Armen war eine Sache. Nackt mitten auf einer Lichtung etwas ganz anderes. Nicht, dass sie wollte, dass *er* sich anzog, hatte sie insgeheim gedacht und die prallen Muskeln seines Arsches bewundert, als er davonmarschiert war.

Aber er hatte nach dem Bett nicht aufgehört, hatte außerdem große Äste und weitere Blätter zusammengesucht und hatte eine Art Tipi über dem Bett errichtet. Anscheinend würden sie für den Rest des Tages hierbleiben. Dagegen hatte sie nicht wirklich etwas einzuwenden, auch wenn es bedeutete, dass sie länger brauchen würden, um an ihr Ziel zu kommen. Und die Vorstellung, was passieren könnte, wenn sie zusammen in ihrem Unterschlupf lagen, schickte einen Schauder der Erregung direkt in ihren Kitzler. Tarax hatte den Kopf gehoben und seine Nasenflügel hatten gebebt, als er sie angeschaut hatte, und sie war rot geworden. Seine Augen hatten golden geschimmert, aber er hatte sich wieder seinen Aufgaben zugewandt.

Ein kleiner, dreister Teil in ihr war versucht gewesen, zu ihm herüberzuschlendern, seine Hand in ihre zu nehmen und ihn zu dem weichen Blätterbett zu führen. Sie hatte so etwas noch nie zuvor erlebt – diese Dringlichkeit, dieses Verlangen – aber die Stärke ihrer Begierde machte sie nervös. Die Vorträge ihrer Mutter über sittsames Verhalten hallten durch ihre Gedanken, aber Jane gab ihr Bestes, sie zu ignorieren. Sie wollte Tarax, und wenn sie auch den Mumm nicht aufgebracht hatte, in diesem Moment auf ihn zuzugehen, würde sie ihn heute Nacht dennoch nicht abweisen.

Die Erinnerung daran, wie die Spitze seines riesigen Schwanzes gegen ihren Schlitz gedrängt hatte, ließ sie vor Lust – und dem kleinsten bisschen Verzagtheit – schaudern, aber sie schob den Gedanken resolut zur Seite. Später.

Ihre Augen wanderten zu der Stelle, wo er gearbeitet hatte, sein großer Körper gebeugt, während er in der Mitte der Lichtung eine kreisrunde Fläche vom Moos befreit hatte. Sobald der Boden freigeräumt war, hatte er begonnen, kleine Äste zu sammeln und sie in einer Art Pyramide aufzubauen. Aufgeregt hatte sie in die Hände geklatscht, als sie endlich begriffen hatte, was er da tat.

„Baust du ein Feuer?"

Trotz der Wärme der Dschungelluft lag etwas beruhigend Zivilisiertes in dem Gedanken an ein Feuer.

Er hatte den Kopf zu Seite gelegt, dann hatte er genickt. „Feu-ah", hatte er zugestimmt.

„Das hast du verstanden?", hatte sie wie zu sich gemurmelt. Es war offensichtlich, dass er ihre Sprache viel schneller lernte als sie seine.

Auch wenn sie versucht hatte, die Namen der Pflanzen zu wiederholen, die er ihr beigebracht hatte, war ihre Kehle einfach nicht dafür gemacht, diese tiefen, knurrenden Geräusche hervorzubringen. Er hatte ihr mit Zeichensprache klargemacht, dass er jagen gehen würde. Oder zumindest hatte sie gehofft, dass es das bedeutete, als er pantomimisch sein Messer in irgendetwas hineingestochen hatte.

Jetzt hallte ein weiterer, greller Schrei durch den Dschungel, gefolgt vom lauten Schlagen der Büsche und Äste. Es klang furchtbar nah, aber die Vegetation war zu dicht, als dass sie etwas erkennen konnte. Mr. Tiddles kletterte auf ihren Schoß und tätschelte versichernd ihre Wange, aber sie konnte nichts dagegen tun, dass sie verängstigt war.

Was, wenn Tarax etwas zugestoßen war? Bei dieser Vorstellung schien ihr Herz für eine Sekunde auszusetzen – und nicht nur, weil er sie beschützte und zu ihrem Ziel führte, musste sie sich eingestehen. Oder nicht einmal nur deswegen, weil sie sich von ihm körperlich wahnsinnig angezogen fühlte. Auch wenn sie ihn erst seit Kurzem kannte, zog irgendetwas an ihm sie an wie Licht eine Motte.

Er gehört hierher und ich werde zur Erde zurückkehren. Hör auf, so lächerlich zu sein, ermahnte sie sich, aber sie seufzte dennoch vor Erleichterung auf, als er aus dem Dschungel auftauchte, einen Kadaver über die Schultern geworfen.

„Oh, Gott sei Dank, du bist zurück.“

Er warf ihr ein feuriges Grinsen zu, dann ließ er seine Beute zu Boden fallen. Die Kreatur hatte einen kleinen Kopf und einen runden Körper mit kurzen, stämmigen Beinen. Das Tier hätte beinah albern ausgesehen, bis auf die überdimensionalen Stoßzähne, die aus seinem Unterkiefer hervorstanden. Sie entschied, dass es irgendwie wie ein Wildschwein aussah – also, wenn Wildschweine langes, blaues Fell hätten.

Tarax verschwendete keine Zeit, sondern begann, das Tier zügig und gekonnt zu häuten. Jane musste den Blick abwenden. Sie zog es vor, ihr Fleisch aus dem Supermarkt zu beziehen, vielen Dank auch. Und dennoch konnte sie nicht anders, als sich eine Abwechslung von dem ganzen Obst herbeizusehnen, egal, wie lecker die Früchte auch waren. Sie riss sich zusammen und ging zu Tarax.

„Kann ich helfen?“, fragte sie zögerlich.

Tarax schüttelte den Kopf, weidete das Tier bereits aus. Er zog eins der Organe heraus und bot es ihr erwartungsvoll an. Sie wich so plötzlich zurück, dass sie über ihre eigenen Füße stolperte.

„Nein! Ich meine, vielen Dank, aber ich kann einfach nicht.“

Er runzelte die Stirn, dann zuckte er mit den Schultern und biss mit seinen scharfen Reißzähnen in das Fleischstück. Sie schüttelte sich. Mr. Tiddles hatte sie eingehend beobachtete und jetzt tippte er an Tarax’ Bein, blickte mit großen, hoffnungsvollen Augen zu ihm auf. Tarax lachte und hielt ihm ein Stück des Organs hin. Dann teilten die beiden den Rest der Organe unter sich auf, aber Tarax bot ihr jedes Mal den ersten Bissen an.

Als sie fertig waren, rieb sich Mr. Tiddles den prallen, kleinen Bauch, fand eine sonnige Stelle am Ufer des Teichs und rollte sich zusammen, um ein Nickerchen zu halten. Jane musterte ihn neidisch.

„Ich hoffe, du willst auch noch etwas von dem Fleisch braten", murmelte sie und blickte erwartungsvoll auf den Stapel Feuerholz.

Im Augenblick war Tarax damit beschäftigt, das Fleisch in Streifen zu schneiden.

Er legte die Haut des Tiers zur Seite und sie musterte das Fell, fragte sich, ob es vielleicht ein robusterer Ersatz für ihr Blatt-Kleid wäre. Sie kam ein paar Schritte näher, drängte eine Welle der Übelkeit zurück, als sie die Fleischreste sah, die noch an der Tierhaut hingen. Aber als ihre Finger zögerlich das Fell berührten, war es so weich, wie es aussah.

„Tarax?", fragte sie zurückhaltend. „Kannst du mir zeigen, wie ich das Fell herrichten kann?"

Sobald sie die Worte ausgesprochen hatte, wurde ihr klar, dass sie überhaupt nicht wusste, ob er sich mit Fellen und Häuten auskannte. Er schien schließlich kein großes Interesse an Kleidung zu haben.

Beim ersten Klang ihrer Worte hatte er zu ihr aufgeschaut und sie hob zimperlich das Fell hoch, hielt es vor ihren Körper, um ihm zu verstehen zu geben, was sie vorhatte.

„Ich dachte, ich könnte vielleicht irgendein Kleidungsstück daraus machen."

Er zog eine Augenbraue hoch und plötzlich wusste sie ganz genau, was er dachte. Er wäre vollkommen zufrieden damit, wenn sie weiterhin nackt herumspazierte.

„Ich würde mich einfach wohler fühlen, wenn ich was zum Anziehen hätte", sagte sie entschieden. „Bitte?"

Er schüttelte den Kopf, grummelte irgendwas vor sich hin, ließ aber seinen Kadaver liegen und kam zu ihr. Aus den Steinen, die das Ufer des Teichs bedeckten, suchte er einen mit einer relativ geraden, scharfen Kante aus, dann zeigte er ihr, wie sie damit über die Tierhaut schaben und die Reste von Fleisch und Blut abkratzen konnte.

Insgeheim hatte sie gehofft, er würde diese Aufgabe übernehmen, wenn sie ihn um Hilfe bat, aber es war nur fair, dass sie sich ebenfalls einbrachte. Sie tat ihr Bestes, ihren Ekel zu verbergen, und machte sich an die Arbeit. Als er dieses Wildschwein-Ding fertig zerlegt hatte, hatte sie auch die Haut so sauber gekratzt, wie sie konnte. Er inspizierte das Fell, dann lächelte er ihr anerkennend zu. Ein Gefühl der Genugtuung überlief sie. Vielleicht würde sie in dieser Wildnis doch irgendwie klarkommen.

Tarax begann, die Fleischstreifen auf lange, dünne Äste zu spießen, und beflügelt von ihrem Erfolg mit dem Fell wollte sie ihm helfen. Jetzt, nachdem das Fleisch in Streifen geschnitten war, sah es so aus wie etwas, was sie im Supermarkt kaufen würde, und es kostete sie keine Überwindung mehr, ihm zu helfen. Als sie alles Fleisch aufgespießt hatten, trug Tarax die beladenen Äste zum Abfluss des Teichs und wusch sie gründlich ab.

Dann suchte er eine Handvoll Steine zusammen, schlug sie gegeneinander, bis er zwei gefunden hatte, die Funken schlugen. Kurze Zeit später brannte ein fröhliches Feuer auf ihrem freigeräumten Campingplatz. Tarax hängte einen der Äste mit den Fleischstreifen über das Feuer und ihr Magen knurrte, als der köstliche Geruch von gebratenem Fleisch die Luft erfüllte.

Als er den Ast schließlich vom Feuer nahm, war ihr das Wasser im Mund zusammengelaufen. Sie verbrannte sich die Finger, dann den Mund, aber das war es absolut wert. Das Fleisch schmeckte fast wie Schweinebraten und war unglaublich lecker. Erst, als sie sich den Magen ganz und gar vollgeschlagen hatte, blickte sie wieder auf und

erblickte Tarax, der sie mit einem seltsamen Gesichtsaus-
druck beobachtete. Sie wurde rot.

„Tut mir leid. Ich war einfach so hungrig. Ich habe zu
viel gegessen, oder?"

Er schüttelte den Kopf und wieder fragte sie sich, ob er
anfing, ihre Worte zu verstehen, oder ob er einfach nur auf
ihren fragenden Tonfall reagierte. Aber bevor sie diesem
Rätsel weiter nachgehen konnte, ging er los und holte die
restlichen mit Fleisch bestückten Äste. Er hing sie etwas
höher über das Feuer und hängte schließlich mehrere der
feuchten, großen Blätter über Feuer und Fleisch, um den
Rauch einzufangen. Sie begriff, dass er versuchte, das
Fleisch zu räuchern und haltbar zu machen, und Bewun-
derung erfüllte sie.

„Es ist einfach faszinierend, dass du das alles kannst.
Wenn wir mehr Zeit hätten, würde ich dich bitten, es mir
beizubringen … Obwohl ich ehrlich gesagt gar nicht genau
weiß, wie viel Zeit wir noch miteinander haben." Dieser
Gedanke war seltsam entmutigend und sie ging los, um
ihre Karte zu holen.

„Wie lange?", fragte sie und deutete auf den kleinen,
blauen Kreis, von dem sie hoffte, dass er ihren Weg nach
Hause repräsentierte, dann deutete sie mit dem Finger auf
die Stelle, von der sie vermutete, dass sie dort am ersten
Tag aufgewacht war. „Wo sind wir jetzt?"

Er musterte ihr Gesicht, dann zeigte er auf einen
Punkt auf der Karte zwischen ihrem Startpunkt und dem
Fluss. Sie hatten vielleicht zwei Drittel der Strecke
zurückgelegt.

„Also noch ein Tag, vielleicht, bis wir am Fluss
ankommen?"

Sofern die Karte maßstabsgetreu war, sah es so aus, als
ob ihr Zielpunkt noch einmal die gleiche Strecke auf der
anderen Seite des Flusses entfernt lag. Das bedeutete also

noch etwa vier weitere Tage mit Tarax. Plötzlich schmerzte ihr das Herz. Es schien ihr nicht genug Zeit zu sein – sie war nicht bereit, ihn so schnell wieder gehen zu lassen.

Tarax knurrte über ihre Frage, deutete auf die Karte und dann auf die entfernte Seite der Lichtung. Sie entschied, dass er sie fragte, ob sie die Reise fortsetzen wollte.

„Es ist okay, bis morgen zu warten", erwiderte sie. „Das hier sieht nach einer guten Stelle aus, um die Nacht zu verbringen. Du kannst dein Fleisch räuchern und ich kann noch einmal schwimmen gehen, bevor wir weiterwandern." Um die Bedeutung ihrer Worte zu unterstreichen, deutete sie auf den Rand der Lichtung, schüttelte den Kopf und klopfte dann auf den Boden neben sich.

Er warf ihr wieder dieses wilde Grinsen zu, dann schaute er nach dem räuchernden Fleisch und sie merkte, dass auch sie lächelte, als sie die Karte wieder in ihren Beutel steckte.

8

Zufriedenheit erfüllte Taraxan, als er sich seiner Nahrungszubereitung zuwandte. Zwischen dem, was er von ihren Worten entschlüsseln konnte, und ihren Versuchen mit der Zeichensprache war er sich ziemlich sicher, dass Jayn es ebenso wenig eilig hatte wie er, an ihrem Ziel anzukommen. Wieder blitzte ein kurzer Gedanke an seine offiziellen Pflichten auf, aber sie schienen weit entfernt und viel weniger wichtig zu sein, als sich um dieses Weibchen zu kümmern.

Und im Interesse ihres Schutzes wandte er seine Aufmerksamkeit dem Fell zu, auch wenn er kein Verlangen hatte, ihren üppigen Körper bedeckt zu sehen. Vielleicht würde es nicht allzu schlimm sein – es war kein großes Tier gewesen und das Fell würde nicht viel ihres verlockenden Körpers bedecken.

Sie hatte gute Arbeit geleistet, die Haut zu säubern, und es brauchte nur ein paar Schaber seines Messers, um die letzten Reste von Fleisch und Sehnen zu entfernen. Jayn schaute mit entsetzter Faszination zu, wie er das Gehirn der Kreatur mit Wasser vermischte und diese Mischung in die Haut rieb, um sie weicher zu machen.

„Jetzt lassen wir sie trocknen", erklärte er, als er die Haut in die Bäume am Rand der Lichtung hing.

Als die Sonne begann, unterzugehen, war er zuversichtlich, alles getan zu haben, um für den Rest ihrer Reise gut vorbereitet zu sein. Sie teilten sich den Rest des Fleisches, das er vorhin geröstet hatte, dann schauten sie zu, wie der Rauch des bedeckten Feuers in feinen Säulen in den dunkler werdenden Himmel stieg. Mr. Tiddles gähnte und verschwand in das Zelt, rollte sich mit dem Schwanz über den Augen zusammen.

Jayn war seltsam still und er bemerkte, dass er den Klang ihrer Stimme vermisste. Er warf ihr einen Blick zu und ertappte sie dabei, wie sie auch ihn anstarrte. Eine reizende Röte stieg in ihre Wangen, als sie den Blick senkte. Er streckte die Hand aus, berührte ihre heiße Wange und drehte ihr Gesicht zu ihm.

Ihre Augen waren groß und dunkel im abnehmenden Licht. Er hatte nur ein Nachtlager vorbereitet – hatte sie Angst, dass er sie bedrängen würde? Er unterdrückte ein Knurren, als er daran dachte. Kein ehrbarer Mann würde jemals eine Frau ausnutzen.

„Hab keine Angst", sagte er sanft und deutete auf das Zelt. „Ich kann draußen schlafen, wenn du willst."

Die Röte auf ihren Wangen wurde tiefer, als sie seinem Blick folgte, und ihm wurde klar, dass er sie missverstanden hatte. Aber dann legte sie ihre Hand auf seine und er nahm den süßen Duft ihrer Erregung wahr. Nein, sie hatte keine Angst. Sie öffnete ihre Lippen einen Spaltbreit, pink und verführerisch, und er senkte den Kopf, strich zögerlich mit seinen Lippen über ihre.

Sie seufzte, dann glitt ihre kleine Zunge über seine. Beim Schwert! Erregung schoss so plötzlich durch ihn hindurch, dass ihm ganz schwindelig wurde. Seine Hand strich über ihre Wange, hielt ihren Kopf fest, während er die Geste erwiderte, tief im schwindelerregenden Genuss ihres Munds versank. Heiß und köstlich und unfassbar weich. Sie schnappte nach Luft, öffnete sich für ihn und er drängte tiefer, verschlang sie hungrig. Als er endlich, widerwillig, den Kopf hob, bebte sie und der berauschende Duft ihres Verlangens erfüllte die Lichtung.

„Deinezungehaterhebungen", wisperte sie.

Die Worte wurden nicht übersetzt und er zögerte, fürchtete, etwas falsch gemacht zu haben, trotz ihrer enthusiastischen Erwiderung. Sie presste einen ihrer zarten Finger auf seine Lippen, bis er den Mund öffnete, dann strich sie mit der Fingerspitze über seine Zunge.

Ihre Augen glühten und ihr Oberkörper schwankte ihm entgegen. „Oh, *ja.*"

Das verstand er. Er knurrte und zog sie auf seinen Schoß, legte sie über seinen Arm, während er sie küsste, bis sie sich in seinen Armen wand. Ihre Brüste rieben sich an ihm und er riss ihr ungeduldig das Laub-Cape vom Körper. Prall und weiß im flackernden Licht neckten ihn die rosigen Spitzen ihrer Brüste und er hob sie höher, damit er einen ihrer Nippel in den Mund nehmen konnte.

„Ohgott!", rief sie und ihre Finger krallten sich in seine Haare und der sanfte Schmerz ließ sein Verlangen nur weiter anwachsen.

Als er schließlich den Kopf hob, schimmerte ihr Nippel dunkel und geschwollen und Taraxan brummte zufrieden, während er sich der anderen Brust zuwandte. Während er den Nippel tief in den Mund nahm, glitt seine Hand zwischen ihre Beine und er spürte, dass sie nass und bereit war. Mit einem Finger strich er über die Perle ihrer Lust und sie schrie erneut auf. Langsam umkreiste er ihren Kitzler, genoss das leise Stöhnen, das über ihre Lippen kam, dann glitt er tiefer, presste den Finger gegen ihre winzige Öffnung, noch heißer und feuchter als ihr verlockender Mund, aber unglaublich eng.

Ihr Schlitz legte sich um seinen Finger wie ein Schraubstock, während er sich langsam vorarbeitete, und sein Schwanz zuckte vor freudiger Erwartung. Er konnte sich nur vorstellen, wie diese enge, heiße Umklammerung ihn umgab.

Während er seinen glücklichen Finger in sie hinein- und hinausgleiten ließ, rieb er mit seinem Daumen über ihren Kitzler, während er weiter heftig an ihren Nippel lutschte. Ihr Körper spannte sich an und ihre Finger krallten sich noch fester in seine Haare, dann schrie sie seinen Namen. Ein Rausch aus flüssiger Hitze überrollte ihn, als ihr Schlitz in langen, pulsierenden Wellen an seinem Finger saugte.

Nicht in der Lage, noch länger zu warten, hob er sie in seine Arme, dann ließ er sie vorsichtig sinken, bis die Spitze seines Schwanzes an ihre enge, feuchte Öffnung drückte. Er versuchte, sie weiter auf sich hinabzulassen, aber trotz der glitschigen Feuchte, die ihn umgab, sträubte sich ihr Körper, wie es schon im Teich der Fall gewesen war. Ihre Hände griffen nach seinen Schultern und er zwang sich, innezuhalten.

„Jah?", fragte er.

„Ja!" Kleine, weiße Zähne bissen in ihre geschwollene Unterlippe, als sie versuchte, mehr von ihm in sich aufzunehmen.

Trotz ihres Enthusiasmus und seines eigenen verzweifelten Verlangens musste er um jeden Zentimeter ringen. Sein Körper glänzte vor Schweiß, als er schließlich ganz in sie eingedrungen war. Die seidige Faust ihrer engen Möse klammerte sich so fest um ihn, dass er sich kaum bewegen konnte. Ein heißes Beben rollte seinen Rücken hinunter, aber er war entschlossen, sich diesmal nicht zu blamieren.

Er hatte dem erotischen Schauspiel zugesehen, wie sich ihr Körper um ihn herum gestreckt und gedehnt hatte, und nun hob er den Blick wieder zu ihrem Gesicht. Sie hatte die Augen zusammengekniffen und eine Träne schimmerte auf ihrer weichen Wange. Entsetzen erfüllte ihn.

„Jayn! Was ist los? Habe ich dir wehgetan?"

Sie riss die Augen auf, dann berührte sie zärtlich seine Wange.

„Ichbininordnung. Dubistso *groß*, aberdufühlstdichso *gut* an."

Die Worte, die er verstand, und die sanfte Berührung ihrer Hand erfüllten ihn mit Erleichterung, augenblicklich gefolgt von einem überwältigenden Ansturm des Verlangens. Seine Hüfte schnellte unwillkürlich nach oben und sie stöhnten beide auf.

„Halt dich fest", wies er sie an und legte ihre Hände wieder auf seine Schultern.

Seine Finger krallten sich in die üppigen Rundungen ihres Arsches, dann hob er sie langsam hoch, während sich ihr Schlitz an jeden Zentimeter seines Schwanzes klammerte, als ob sie es nicht ertragen könnte, ihn loszulassen. Als nur noch seine Eichel in ihr vergraben war, hielt er inne. Ihr Atem ging schnell und abgehackt, aber sie wand sich ungeduldig. Er begann, sie genauso langsam wieder sinken zu lassen, aber sie beugte sich vor und schnappte mit ihren kleinen, stumpfen Zähnen nach seinem Hals. Taraxan brüllte auf und seine Hüfte knallte nach oben. Er hörte sie aufschreien, spürte ihren Schlitz um seinen Schwanz zucken, aber er war zu überkommen von seinem Verlangen, als dass er noch warten konnte. Sein Körper schoss nach oben, vergrub sich in ihrem, während seine

Hände sie mit jedem wilden Stoß auf sich hinunterzogen. Ihr Mund wanderte fiebrig über seinen Hals, küsste und lutschte an seiner empfindlichen Haut, dann biss sie ihn wieder. Der scharfe Schmerz schoss direkt in seinen Schwanz und er explodierte, seine Hüften zuckten willenlos, als eine Lawine aus heißem Samen ihren Körper flutete.

Sein Körper wurde schlaff und er fiel zurück, zog sie mit sich, noch immer auf seinen Schwanz aufgespießt, während er fest seine Arme um sie schlang.

Noch nie im Leben hatte er das Bedürfnis verspürt, eine Frau nach dem Sex im Arm zu halten. Jetzt fragte er sich, ob er Jayn jemals würde loslassen können.

JANE SCHMIEGTE SICH ENGER AN TARAX, genoss seine feste Umarmung. Sie war erschöpft und überwältigt und ein klein bisschen wund, aber sie konnte nicht aufhören, zu lächeln. Das war … unglaublich gewesen. Tarax konnte unmöglich jemals mit einer Menschenfrau zusammen gewesen sein, und dennoch hatte er auf ihrem Körper gespielt wie auf einer Violine. Die Erhebungen auf seiner Zunge und seinem Schwanz hatten sicherlich nicht geschadet. Es hatte sich angefühlt, als wären sie nur ihretwegen erschaffen worden.

Diese Vorstellung ließ sie leise kichern. Wie ironisch, dass ihr perfekter Mann die ganze Zeit über nur eine Galaxie weit entfernt gewesen war.

Sanft fuhr Tarax mit seinen Fingern durch ihre Haare und sie hob den Blick und sah, dass er sie neugierig betrachtete.

„Ich habe nur nachgedacht", sagte sie mit einem Lächeln, dann begann sie vorsichtig, sich von seinem Schwanz zu ziehen.

Selbst erschlafft füllte er sie noch vollkommen aus und sie stöhnten beide auf, als sich ihre Körper trennten und die Erhebungen seines Schwanzes über ihre empfindliche Haut strichen und Schauder der Lust durch sie hindurchschickten. Sie spürte, wie er wieder hart wurde, als sie sich löste, und zog eine Grimasse.

„Ich glaube, wir sollten ein kleines bisschen warten", erklärte sie ihm mit einem bedauernden Grinsen.

Er neigte den Kopf, wie er es immer tat, wenn er ihr zuhörte. „Wahten?"

„Ja", sagte sie entschieden, auch wenn sie es sich beim verlockenden Anblick seines nackten Körpers am liebsten anders überlegt hätte.

Er nickte, dann stand er auf, trug sie mit sich. Sie hmpfte verdrossen auf. Sie fühlte sich zwar wie eine schlaffe Spaghetti, aber er schien schon wieder vollkommen erholt zu sein, regelrecht energiegeladen. Wieder schnaubte sie auf, als er sie in den Teich trug, aber das kühle Wasser beruhigte ihre empfindlichen Stellen und es war schön, sich sauber zu fühlen. Als sie wieder am Ufer waren, stellte er sie lange genug ab, um sie mit einem der weichen Blätter abzutrocknen, dann hob er sie wieder in seine Arme und trug sie in das Zelt.

„Ich kann selber laufen", versicherte sie ihm. „Ich bin nur ein bisschen wund, nicht lahmgelegt."

Er ignorierte sie, beugte sich vor, um Mr. Tiddles zur Seite zu schieben, bevor er sich mit ihr auf ihr Laubbett legte. Daran konnte sich ein Mädchen allerdings gewöhnen, fand sie, und schmiegte sich enger an ihn, als er sie an seine breite Brust drückte.

Nein, konnte sie nicht. Ihre gemeinsame Zeit würde zu Ende gehen. Bei diesem Gedanken drohten unerwartete Tränen in ihre Augen zu steigen, aber sie drängte sie entschieden zurück. Sie waren jetzt zusammen und sie würde über die Zukunft nachdenken, wenn es so weit war.

DAS FAHLE LICHT der Morgendämmerung schien durch die Zeltöffnung, als Jane Lippen an ihren Brüsten spürte. Sie wusste, dass sie diesmal nicht träumte. Es gab kein Vertun, was das für eine raue, reizende Zunge war, die ihre Nippel zu festen Spitzen formte.

„Tarax", seufzte sie.

Er hob den Kopf und grinste sie an, dann wandte er sich wieder seiner Aufgabe zu. Sie bog sich seinem Mund entgegen, aber seine Berührungen waren frustrierend leicht, bis sie ihre Finger in seine Haare krallte. Dann knurrte er auf und beugte sich zu ihr hinunter, kratzte mit den Spitzen seine Reißzähne über ihre straffe Haut. Diese Empfindung schickte ein Feuer direkt in ihren empfindlichen Kitzler. Sie fing an, sich zu fragen, ob sie allein davon kommen könnte, dass er an ihren Nippeln saugte, aber bevor sie das herausfinden konnte, küsste er sich ihren Bauch hinunter und glitt schließlich mit seiner Zunge über ihre sich verzehrende Lustperle. Ihr Körper bäumte sich auf, als ihr Höhepunkt mit schockierender Intensität über sie hinwegrollte. Tarax hielt sie fest und seine Zungenspitze umkreiste behutsam ihr empfindliches Fleisch, schickte Welle um Welle der Lust durch sie hindurch, bis sie schließlich schwach seinen Kopf fortschob.

Er blickte zu ihr auf und lächelte sie an, aber sein Gesicht war angespannt vor Verlangen. Er glitt mit einem Finger durch ihren Schlitz, hielt inne, als sie zusammenzuckte. Eilig drückte er ihr einen entschuldigenden Kuss auf die Pussy, dann stand er auf. Sein Schwanz war vollkommen, beeindruckend erigiert und wieder pulsierte ihr Kitzler.

„Wir könnten es versuchen", schlug sie vor und leckte sich über die Lippen.

Seine goldenen Augen funkelten hungrig, aber er schüttelte den Kopf.

„Ausruuhn", beharrte er, bevor er vor das Zelt trat.

Mr. Tiddles kletterte auf das Bett und vergrub seine Nase in ihrem Hals. Sie streichelte sein Fell, dann fielen ihr die Augen zu und sie gab sich ihrer Erschöpfung geschlagen.

9

Trotz seines schmerzenden Ständers trat Taraxan voller Zufriedenheit aus dem Zelt. Jayn Lust zu verschaffen, war das Befriedigendste, was er jemals erfahren hatte. In der Nacht hatte er wenig geschlafen, hatte es genossen zu wissen, dass sie in seinen Armen sicher war. Als der Himmel heller geworden war und er die Zeichen seiner Eroberung auf ihrer Haut hatte erkennen können, hatte er eine seltsame Mischung aus Schuld und Genugtuung empfunden. Seine Zeichen identifizierten sie eindeutig als sein Weibchen.

Und er konnte als ihr Männchen identifiziert werden, dachte er zufrieden und seine Hand wanderte zu der Stelle an seinem Hals, wo sie ihn mit ihren kleinen Zähnen markiert hatte.

Zufrieden damit, sie noch schlafen zu lassen, ging er zu dem Tierfell und rieb es mit einer zweiten Schicht des Gehirnbreis ein. Er lächelte, als er sich vorstellte, wie der weiche Pelz sich an ihren üppigen Körper schmiegte. Es war vielleicht nicht das übliche Paarungsgeschenk, aber er war sich sicher, sie würde es mehr zu schätzen wissen als Schmuck oder Edelmetall.

Paarungsgeschenk?

Der Gedanke ließ ihn abrupt innehalten. Er hatte sich nicht mit ihr verpartnert – er *konnte* sich nicht mit ihr verpartnern. Er würde niemandem gestatten, so viel Macht über ihn zu besitzen.

Ich verlasse diesen Planeten. Sie verlässt diesen Planeten, erinnerte er sich. Das hier hat nichts mit Paarung zu tun, sondern damit, sich um ein hilfloses – und sehr begehrenswertes – Weibchen zu kümmern.

Aber als sie schließlich aus dem Unterschlupf trat, ein Lächeln auf dem Gesicht, hallte seine Argumentation nur noch hohl nach.

Das hier ist nur vorübergehend, ermahnte er sich erneut und ging zu ihr, um sie zu begrüßen.

Sie trat bereitwillig in seine Arme, hob ihm ihr Gesicht für einen dieser entzückenden Küsse entgegen. Ihre Reaktion war alles, was er sich jemals gewünscht hatte. Nur das Wissen, dass sie noch wund von der letzten Nacht war, hielt ihn davon ab, sie zurück in den Unterschlupf zu tragen und sie erneut daran zu erinnern, dass sie ihm gehörte. Für jetzt.

Sie schmiegte sich zufrieden an ihn, während sie sich auf der Lichtung umschaute, dann runzelte sie die Stirn.

„Wolltenwirheutenichtweiterwandern?", fragte sie und deutete in die Richtung, in die sie unterwegs waren.

„Du musst dich *ausruuhn*", sagte er entschieden. „Ich werde *voh-breitn*."

Er deutete auf das Fell und das Gestell mit dem geräucherten Fleisch und sie nickte. Die Verzögerung schien sie nicht weiter zu stören und sie schnappte sich Mistah Tiddls und plauderte leise mit ihm, während sie ihn mit einem der Fleischstreifen fütterte.

„Du verwöhnst ihn", murmelte er, aber er lächelte, als er zu seiner Aufgabe zurückkehrte.

Der Tag verging ruhig und Taraxan sammelte weitere Früchte und Jayn bastelte sich ein weiteres Kleid aus einem großen Blatt. Dann nutzten sie die Gelegenheit und sprangen in den Teich – sehr zu Mistah Tiddls Abscheu. Während der Mittagshitze hielt Jayn wieder ein Nickerchen, aber er weigerte sich, der Versuchung nachzugeben und sich zu ihr zu gesellen.

Als die Tierhaut getrocknet war, begann er, sie mit einem der großen Steine vom Ufer zu dehnen und weich zu klopfen. Jayn beobachtete ihn fasziniert, dann bestand sie darauf, zu übernehmen. Als sie sich weigerte, ihm den Stein zurückzugeben, lachte er und entschied, es mit einer weiteren Jagd zu versuchen. Er kehrte mit einem großen Flugtier zurück – nicht groß genug, um das Fleisch zu trocknen und zu konservieren, aber genug für ein herrliches Abendessen.

Nachdem sie gegessen hatten, arbeiteten sie zusammen daran, das Fell weiter weich zu klopfen. Sie bat ihn, mehrere Streifen aus der Tierhaut herauszuschneiden, dann benutzte sie lange Ranken, um Verschlussriemen herzustellen. Zu seiner Enttäuschung nahm sie das Fell anschließend mit in den Unterschlupf, um es anzuprobieren.

„Ich verstehe diese Sittsamkeit nicht", beschwerte er sich bei Mistah Tiddls.

Die kleine Kreatur schnatterte aufgeregt in einem Tonfall, der ihm wie Belustigung vorkam, bevor sie sich wieder dem Knochen zuwandte, den sie gerade abnagte. Taraxan wandte sich dem Kochbeutel zu, den er gerade aus einem Teil der Tierhaut herstellte.

„Wiefindestdues?"

Er schaute auf und erblickte Jayn in der Öffnung des

Unterschlupfs stehen. Sämtliches Blut in seinem Körper rauschte augenblicklich in seinen Schwanz. Weicher, blauer Pelz umspielte ihre Brüste, als ob sie nur für seinen Mund präsentiert werden würden. Weiterer Pelz verschleierte ihren verlockenden Schoß, aber als sie sich langsam, sinnlich um sich selbst drehte, konnte er sehen, dass sie sich kaum Mühe gegeben hatte, die üppigen Kurven ihres entzückenden Arsches zu verbergen. Sie war schon ihn ihrem Blätterkleid niedlich gewesen, und absolut köstlich in ihrer Nacktheit, aber dieses Outfit war eine fesselnde Kombination von beidem und die Lust rauschte durch seine Adern.

Er hatte fast den ganzen Tag davon abgesehen, sie zu berühren, hatte befürchtet, sein Verlangen würde seine Vorsicht überwältigen, aber er war sich ihrer Gegenwart permanent bewusst gewesen. Er hatte gesehen, wie sie ihn ebenfalls beobachtet hatte, und sie war viel dreister gewesen als er, hatte sich an ihn gelehnt, sodass er ihre schweren Brüste an seinem Rücken oder einen neckenden Finger auf seinem Bauch spüren konnte. Er konnte nicht mehr länger warten.

Taraxan erhob sich und kam auf sie zu und ein leises Knurren rumpelte durch seine Brust. Ihre Augen wurden groß, aber sie wich nicht zurück. Er konnte die harten Spitzen ihrer Nippel unter dem Fell erkennen und der Geruch ihrer Erregung ließ seinen Kopf schwimmen, als er sie in seine Arme riss.

„Bist du *ookai*?", knurrte er, seine Stimme so kehlig, dass er seine eigenen Worte kaum verstehen konnte.

Aber Jayn schien kein Problem damit zu haben, ihn zu verstehen. Sie nickte und rieb sehr absichtlich ihre weichen, pelzbedeckten Brüste über seinen Brustkorb, dann beugte sie sich vor und biss mit ihren kleinen Zähnen zärtlich in seine Brustwarze. Er brüllte auf und packte sie, riss ungeduldig die Ranken entzwei, die ihr Outfit festhielten, und trug sie in den Unterschlupf.

AM NÄCHSTEN MORGEN entschied Taraxan widerwillig, dass sie ihre Reise fortsetzen sollten. Er brachte Jayn eine Handvoll Ranken, um die Verschlüsse zu reparieren, die er am Abend zuvor zerrissen hatte. Während sie ihr Outfit reparierte, sammelte er ihre Ausrüstung zusammen. Nach einem letzten, bedauernden Blick über die Lichtung, nahm er ihre Hand und marschierte einmal mehr mit ihr davon.

Sie brauchten drei weitere Tage, um den Fluss zu erreichen, und Taraxan war tatsächlich überrascht, dass sie so schnell dort angekommen waren. An den meisten Tagen waren sie nur am Vormittag gewandert und hatten angehalten, wenn sie einen guten Ort für ihr kleines Camp gefunden hatten – oder wenn ihr Verlangen füreinander zu groß geworden war, als dass sie es noch länger hätten ignorieren können. Er bekam einfach nicht genug von ihr. Er verbrachte Stunden damit, sie anzubeten, jeden Zentimeter ihres Körpers zu verehren und zu lieben, bevor er endlich in den Schlaf sank, nur um ein paar Stunden später wieder voller Heißhunger aufzuwachen. Und sie war genauso enthusiastisch, zog immer wieder an seinem Arm, damit er stehen blieb, und sank dann vor ihm in die Knie, um ihn in ihren Mund zu nehmen.

Das erste Mal, als sie das getan hatte, war er völlig schockiert gewesen – es war ein weiterer Akt, den die Doturaner nicht ausübten –, aber sobald ihr kleiner, heißer Mund sich um seinen Schwanz geschlossen hatte, war er verloren gewesen. Sie hatte ihn geleckt, gelutscht, und als sie ihn schließlich tief in ihren engen Hals genommen und geschluckt hatte, war er mit einem Gebrüll gekommen, das durch den ganzen Dschungel gehallt war. Seine Knie waren sogar weich geworden und er hatte sich an einem Baumstamm abstützen müssen, als sie ihn behutsam aus ihrem Mund gezogen und mit einem übermäßig zufriedenen Ausdruck zu ihm aufgeschaut hatte.

„Ich schätze, das hat dir gefallen?"

Er hatte das selbstgefällige Grinsen auf ihrem Gesicht nicht sehen zu brauchen, um die Bedeutung ihrer Worte zu entschlüsseln.

„*Ge-fahln*", hatte er zugestimmt, dann war er neben ihr auf den Boden gesunken, hatte ihre Beine gespreizt und ihr ganz genau gezeigt, wie sehr es ihm gefallen hatte.

Er dachte gerade darüber nach, diese Handlung zu wiederholen, als er den Geruch von Wasser witterte. Einen Augenblick später hörte er ein Rauschen, und als sie durch eine Wand aus Büschen brachen, standen sie plötzlich am Ufer des riesigen Flusses. Mistah Tiddls zwitscherte nervös, als sie stehen blieben.

„Das ist nicht das, was ich erwartet habe", murmelte Jayn.

„Ich auch nicht."

Vor ihnen erstreckte sich eine breite Wasserfläche, so breit, dass er es nicht schaffen würde, einen Ball auf die andere Uferseite zu werfen. Er war ein guter Schwimmer, aber er vermutete, dass es seine Fähigkeiten überschreiten würde, Jayn und Mistah Tiddls unbeschadet auf die andere Seite der starken Strömung zu befördern.

Jayn musterte das Wasser ebenso besorgt. „Da müssen wir rüber?"

„*Jah*", erwiderte er grimmig.

Der Zweifel auf ihrem Gesicht wurde größer. „Ich bin keine gute Schwimmerin."

Er zog sie an seine Seite und drückte sie versichernd. Nie im Leben würde er sie in diese reißende Strömung waten lassen, ganz zu schweigen davon, was für andere

Gefahren womöglich noch unter der Wasseroberfläche lauerten.

„Ich werde ein …", er suchte nach dem Wort in ihrer Sprache, „…*Boht* bauen."

„Ein Boot? Das kannst du?"

Sie schaute ihn bewundernd an und ihm wurde klar, dass das Wort, das er benutzt hatte, ein weitaus beeindruckenderes Wasserfahrzeug implizierte, als er ohne Werkzeuge würde bauen können. Er musste losziehen und nachschauen, was für Materialien er auftreiben konnte. Außerdem ging die Sonne langsam unter, also entschied er sich, für heute ihr Camp am Ufer aufzuschlagen.

Die Fläche zwischen Waldrand und Fluss sah vielversprechend aus, aber er konnte Anzeichen dafür sehen, dass das Wasser in der Vergangenheit immer wieder angestiegen war. Er entschied sich, lieber auf Nummer sicher zu gehen und ihr Camp nah an den Bäumen aufzuschlagen.

Jayn protestierte nicht, während sie ihr Lager herrichteten, wie es in den letzten Tagen zu ihrer Routine geworden war. Aber diesmal, während er die kleinen Äste für das Feuer zusammensammelte, schaute er sich auch die größeren, herumliegenden Äste und Stämme an. Einige der umgestürzten Bäume waren riesig und er brauchte nur wenige von ihnen zusammenbinden, um ein Floß zu bauen. Leider machte es gerade die Größe der Stämme schwer, sie zu bewegen. Er verschwendete einen sehnsüchtigen Gedanken an die Technologie, die er auf seinem Heimatplaneten zurückgelassen hatte. Sogar eine einfache Säge wäre schon hilfreich, um die Stämme auf eine handhabbare Größe zu verkürzen, aber wenn er sich zwischen Technologie und Jayns Gesellschaft entscheiden musste, dann würde er sich immer wieder für Jayn entscheiden.

Nachdem er die Positionen der Stämme markiert hatte,

begann er, einige der robusteren Ranken einzusammeln. Er würde sie als Seil benutzen, um die Stämme zusammenzubinden.

Dann kehrte er in ihr Camp zurück und entdeckte Jayn, die auf dem Bett aus Blättern saß, die sie gesammelt hatte, und nachdenklich über das Wasser starrte. Die Sonne war fast ganz untergegangen und warf feurige Strahlen von Rot und Gold über die glitzernden Wellen, verwandelte die Ufer in ein geheimnisvolles Wunderland.

„Glaubst du, es wird auf der anderen Seite irgendwie anders sein?", fragte sie.

Er schüttelte den Kopf. Der Dschungel schien auf beiden Seiten gleich zu sein, auch wenn die Karte darauf hinwies, dass sich die Topografie ändern würde, wenn sie weiter flussabwärts liefen.

„Ist der ganze Planet so? Wie viel davon hast du schon gesehen?"

Sie legte den Kopf zu Seite und starrte ihn an und wieder einmal fragte er sich, ob er ihr verraten sollte, dass er hier genauso fremd war wie sie. Aber leider − auch wenn er mittlerweile fast alles verstand, was sie sagte − waren seine Fähigkeiten, ihre Sprache zu sprechen, bestenfalls minimal. Wie sollte er ihr erklären, dass er ebenfalls hierhergebracht worden war?

Schließlich zuckte er also einfach nur mit den Schultern und schüttelte den Kopf, kämpfte gegen seine Schuldgefühle an. Das Erste, was er tun musste, wenn er wieder Zugang zu seiner eigenen Technologie hatte, war es, ihr einen Übersetzer zu finden. Dieser Gedanke ließ ihn erstarren, als er sich über die Feuerstelle beugte.

Er wusste, dass sie davon ausging, der Zielpunkt auf der Karte wäre die Stelle, von der aus sie nach Hause zurückkehren konnte. Aber sie glaubte auch, dass er ein Einheimischer dieses Planeten war − sie musste wissen,

dass sie ihn verlassen würde, wenn sie auf ihren Heimatplaneten zurückkehrte. Und trotzdem, auch wenn sie es
beide nicht gerade eilig hatte, wanderten sie stetig in diese
Richtung weiter. Machte es ihr nichts aus, dass sie bald
getrennt sein würden? Seine Brust schmerzte unter den
gepanzerten Erhebungen und er rieb gedankenverloren
mit der Hand darüber.

„Stimmt irgendetwas nicht?" Jayns besorgte Stimme
unterbrach seine Gedanken.

„Nain."

Seine Stimme klang barscher, als er beabsichtigt hatte,
und sie zuckte zusammen, schaute ihn erschrocken an.
Augenblicklich rauschten Schuldgefühle über ihn hinweg
und er zog sie mit einem entschuldigenden Murmeln in
seine Arme. Er hatte kein Recht, sich bei dem Gedanken
verraten zu fühlen, dass sie ihn verlassen würde, wenn er
selbst vorhatte, zu seiner Zivilisation zurückzukehren.
Obwohl …

Was, wenn er sie nicht verlassen musste? Was, wenn er
sie mitnahm?

Die Doturaner waren tendenziell ein eher abgeschot-
tetes Volk, aber es war sicherlich schon vorgekommen, dass
sich jemand außerhalb seines eigenen Volks verpartnert
hatte. Ein Lächeln legte sich auf seine Lippen, als er sich
ihre Freude über die Wunder seiner Zivilisation vorstellte.
Er konnte es kaum erwarten, sie nach … Seine Gedanken
stockten. Sie wohin mitzunehmen?

Nachdem sein Vater gestorben war und ihn verlassen
hatte, hatte Taraxan das Haus der Familie verkaufen
müssen – ein Zuhause, was nicht mehr länger Zuflucht bot.
Er lebte auf seinem Schiff oder in den Militärbaracken,
wenn er auf einem anderen Planeten stationiert war. Er
konnte sich nicht vorstellen, dass Jayn diese Umfelder
gefallen würden. Natürlich konnte er seinen Militärposten

aufgeben, aber die Gesellschaft der Doturaner basierte mehr oder weniger auf Militärhierarchien. Einen anderen Pfad zu wählen, würde eine Abstufung sowohl in Privilegien als auch in Bezahlung bedeuten. Ihm selbst würde das nicht besonders viel ausmachen, aber ihm missfiel der Gedanke, dass er nicht in dem Maße für Jayn würde sorgen können, wie sie es verdient hatte.

„Bist du sicher, dass alles in Ordnung ist?", fragte Jayn leise.

„*Soh-ry*"

Sie blickte zu ihm auf und ihre Augen wurden groß und vertrauensvoll und er konnte nicht anders, als sie zu küssen. Die Vorstellung, sie zu verlieren, gab dem Kuss eine zusätzliche Dringlichkeit. Ihre Leidenschaft flammte auf, stand seiner in nichts nach, und er ließ alle Gedanken an die Zukunft fallen, während er sie auf das Bett aus weichen Blättern zog.

10

Schläfrig beobachtete Jane Tarax, der ein Feuer anzündete. Mr. Tiddles plapperte neben ihr heiter vor sich hin, aber sie konnte die Augen einfach nicht von Tarax abwenden.

Die Nacht war hereingebrochen, während sie Sex gehabt hatten, aber die Dunkelheit schien ihn nicht zu stören, während er das Feuerholz gekonnt zum Brennen brachte. Er war beeindruckend kompetent – es gab scheinbar nichts, was er nicht konnte, auch wenn Jane sich fragte, wie er ohne Werkzeuge ein Boot bauen wollte. Aber wenn das jemand hinbekam, dann er.

Die Vorstellung, diesen wilden Fluss zu überqueren, ließ sie erschaudern, und nicht nur aus Angst vor dem Wasser. Mit jedem Tag kamen sie dem Ziel auf der Karte näher und näher, und somit vermutlich auch der Möglichkeit für sie, nach Hause zurückzukehren. Diese Möglichkeit schien nicht mehr länger so reizvoll zu sein, wie sie es ursprünglich gewesen war. Was wartete denn schließlich zu Hause auf sie?

Sie verdiente gut, aber sie arbeitete auch sehr viel und hatte kaum Möglichkeiten, das Geld auszugeben, das sie verdiente. Seit ihre Mutter gestorben war, hatte sie keine engen Verwandten mehr. Auch keine wirklich engen Freunde, wenn man ehrlich war. Einer der Gründe, weshalb sie mit Amanda zusammenwohnte, obwohl sie sich auch eine eigene Wohnung leisten könnte, war der Kontakt, den sie dadurch zu einem anderen Menschen hatte.

Aber die Erde war ihr Zuhause und obwohl Tarax sein Bestes gab, damit sie sich hier wohlfühlte, wollte sie nicht den Rest ihres Lebens im Dschungel verbringen. Oder?

Und was war mit ihm? Hatte er überhaupt ein Zuhause, fragte sie sich, während sie ihn beobachtete. Er musste irgendwann eine Familie gehabt haben. Wo waren sie jetzt?

Als ob er spüren würde, dass sie ihn beobachtete, hob er den Kopf und schaute ihr in die Augen. Es lag eine Frage in seinem Blick, aber sie wusste nicht, was sie bedeutete. Sie erwiderte einfach nur ernst seinen Blick.

Ein schwaches Lächeln legte sich auf seine Lippen, dann stand er auf und kam zu ihr. Das Feuer brannte hell und sein starker, muskulöser Körper glänzte. Er sah aus wie ein Urzeitkrieger.

Mein Krieger, dachte sie mit einem plötzlichen Besitzanspruch. *Wenigstens für jetzt.*

Dank des breiten Flusses vor ihnen war der Nachthimmel zum ersten Mal deutlich sichtbar. Millionen von Sternen funkelten im dunklen Himmel und sie fragte sich, ob einer von ihnen ihr eigener Stern war. Es war gleichermaßen furchteinflößend und seltsam befreiend, so weit von allem entfernt zu sein, was sie jemals gekannt hatte.

Tarax lehnte sich in die Blätter zurück und zog sie neben sich, aber er schien zufrieden zu sein, sie einfach nur im Arm zu halten und in die Sterne zu schauen. Sie erinnerte sich an ihre Frage nach seiner Familie.

„Hast du Eltern?", fragte sie.

Er schüttelte den Kopf und sie tätschelte seine Brust. „Tut mir leid."

Er zuckte mit den Schultern, eine Geste, die sie nicht entschlüsseln konnte. „Duh?", fragte er.

„Nicht mehr. Mein Vater ist gestorben, als ich noch ganz klein war. Ich kann mich kaum an ihn erinnern. Nachdem er gestorben ist, wurde meine Mutter zu einer sehr … eingeschränkten Person. Sie hatte immer Angst, das Richtige zu tun, und was die Leute wohl über sie dachten und über mich." Sie seufzte, blickte hinauf in die Sterne. „Ich weiß nicht, ich glaube, deshalb wollte ich nie eine wirklich ernste Beziehung."

Sie schaute auf und ertappte ihn dabei, wie er sie eindringlich musterte. Wie viel von dem, was sie gesagt hatte, hatte er verstanden, fragte sie sich.

„Iech fa-steh", sagte er leise. „Maine Ehl-tern tsu na."

„Zu nah? Sind sie deshalb beide nicht mehr da?"

Er nickte und sie schüttelte den Kopf. „Wir sind vielleicht zwei, hm? Laufen vor unserem Glück davon, weil wir Angst haben."

Er knurrte und sie stieß liebevoll ihren Ellenbogen in seine Rippen. „Du weißt, was ich meine. Mutig in … der Schlacht, aber nicht in der Liebe."

Nicht, dass sie tatsächlich wusste, ob er jemals in einer Schlacht gewesen war, aber sie vermutete, dass er schon einmal gekämpft hatte. Er sah überrascht aus, aber dann küsste er sie und das war das Ende der Fragerunde für diesen Abend.

AM NÄCHSTEN MORGEN wachte Jane allein auf. Irgendwann in der Nacht musste Tarax sie in den Unterschlupf getragen haben, aber er war schon wieder verschwunden, hatte sie schlafen lassen. Als sie durch die Ritzen zwischen den Blättern in die Sonnenstrahlen blinzelte, wurde ihr klar, dass es viel später als üblich war. Mr. Tiddles lugte durch die Öffnung und sie grinste ihn an. Er sprang in ihre Arme, schnatterte aufgeregt mit ihr.

„Warum bist du denn so aufgekratzt?", fragte sie. „Habt du und Tarax etwa ohne mich Spaß?"

Ein seltsames, schleifendes Geräusch von draußen schien ihre Frage zu beantworten. Sie zog sich ihren Pelz über und ging nach draußen, um sich die Sache näher anzuschauen.

Seine Muskeln spannten sich bei der Anstrengung beeindruckend an, als Tarax Baumstämme aus dem Dschungel zerrte und sie nebeneinander am Flussufer aufreihte. Mr. Tiddles zog augenblicklich los, um den neusten Stamm zu inspizieren, stocherte auf der Suche nach seinem Lieblingsinsekt in dem toten Holz herum. Jane schauderte. Kein Wunder, dass er so aufgeregt war.

Sie folgt ihm zum Ufer, betrachtete Tarax' Arbeit. Als sie nah genug war, konnte sie sehen, dass er die Stämme mit langen Ranken zusammenband. Das Ergebnis war eine etwas unebene Plattform, aber sie würde sie tragen und über Wasser halten können.

„Oh, verstehe. Du baust ein Floß."

„Flohs", wiederholte er. „Ge-fahln?"

„Ja, das gefällt mir." Sie blickte von dem sperrigen Wasserfahrzeug zu dem rauschenden Wasser. „Glaubst du, du wirst lenken können?"

Er blickte sie stirnrunzelnd an und sie mimte ein Ruder. Sein Gesicht entspannte sich und er zeigte ihr einen dicken Ast, an dessen Ende noch unzählige Blätter hingen. Statt der weichen Blätter, auf denen sie schliefen, waren diese dunkel und steif. Diese ganze Apparatur kam ihr eher klapprig vor, aber sie nickte zustimmend.

„Glaubst du, du wirst heute noch fertig damit?"

Wieder huschte dieser seltsame Ausdruck über sein Gesicht, dann schüttelte er den Kopf. Erleichterung überkam sie. Sie hatten noch mehr Zeit miteinander. Sie lächelte ihn an und ging los, um das Frühstück vorzubereiten.

Der Tag verging friedlich. Tarax fuhr mit seiner Arbeit am Floß fort, sortierte immer wieder Stämme aus und ersetzte sie mit anderen, die gleichmäßiger waren. Als die Sonne langsam unterging, sah das Floß erstaunlich robust aus.

Nach dem Abendessen schauten sie wieder in die Sterne, aber Jane fragte nicht weiter nach Tarax' Vergangenheit. Sie wollte nur an den jetzigen Augenblick denken und jede Minute genießen, die sie miteinander verbrachten.

Taraxan wachte noch vor Sonnenaufgang auf und dachte über den Tag nach, der vor ihnen lag. Sein Floß war so robust, wie es nur sein konnte – es war Zeit, sich dem Fluss zu stellen. Normalerweise gefiel es ihm, sich in der Natur beweisen zu müssen, aber diesmal bemerkte er, dass er diesem Test nicht freudig entgegenblickte. Es war nicht nur der Gedanke daran, Jayn der Gefahr auszusetzen. Sobald sie am anderen Ufer angekommen waren, würden sie auch ihrem Ziel noch näher sein und somit auch ihrem Abschied.

Als er leise aus dem Bett schlüpfte und anfing, ihre Vorräte zusammenzusammeln, musste er wieder an die Möglichkeit denken, sie davon zu überzeugen, ihn zu begleiten. Während seiner Arbeit tags zuvor hatte er eine Reihe von Optionen für eine zukünftige Karriere in Erwägung gezogen und wieder verworfen. Er hatte sich schließlich entschieden, dass ein landwirtschaftlicher Planet womöglich am passendsten war. Es würde natürlich viel Arbeit machen, aber er hatte keine Angst vor harter Arbeit und ihm gefiel die Vorstellung, dass sie zusammen ein Leben aufbauen konnten.

Oder wäre ihr eine Stadt lieber? Er könnte sicherlich auch gut verdienen, indem er Unterricht in Kampfsport in einem der größeren Systeme gab. Im schlimmsten Falle konnte er immer noch Gladiator werden. Er hatte das Können und die Bezahlung war gut, allerdings war er kein Freund von Kämpfen einzig um des Kämpfens willen. Trotzdem, wenn es das war, was nötig war, dann würde er keine Sekunde zögern.

Mistah Tiddls kam zu ihm, als Taraxan gerade die Vorräte auf dem Floß festband. Nachdem er einen schimmernden, pinken Käfer verschlungen hatte, sprang er auf Taraxans Arm und kletterte auf seine Schulter.

„Ich hoffe, du bist bereit hierfür", murmelte Taraxan. Mistah Tiddls hatte ihnen nicht einmal im Teich Gesellschaft geleistet. Taraxan vermutete, dass ihm die Flussüberquerung überhaupt nicht gefallen würde, aber er wollte nicht einmal darüber nachdenken, das kleine Tier zurückzulassen. Mistah Tiddls war jetzt Teil ihrer … Familie.

Dieser Gedanke brachte ihn zum Lächeln und er lächelte noch immer, als Jayn aus ihrem Unterschlupf trat. Ihre Haare waren zerzaust und ihre Augen noch schwer und verschlafen, aber sie sah unfassbar niedlich aus. Wie sollte er sie jemals verlassen? Egal, welche Arbeit er verrichten musste, um für sie zu sorgen, das würde es wert sein.

Sie kam zu ihm herübergeschlendert und schmiegte sich an seine Seite, gähnte schläfrig. „Ich schätze, heute ist der große Tag?"

Die Worte waren ihm nicht vollkommen klar, aber er verstand die generelle Bedeutung.

„Heuh-te", stimmte er zu.

Sie stieß ein unverbindliches Geräusch aus und schmiegte sich enger an ihn. Schweigend und still standen sie da, bis Jayn sich schließlich aufrichtete und ihn anlächelte.

„Dann sollten wir aufbrechen."

Das Vertrauen in ihren Augen ließ sein Herz einen Schlag aussetzen. Er beugte sich hinunter und küsste sie. Wie immer wurde der Kuss schnell leidenschaftlich, aber er zwang sich widerwillig, seinen Kopf wieder zu heben. Es war nicht der richtige Zeitpunkt.

Kurze Zeit später waren sie bereit für die Abfahrt. Mistah Tiddls hatte sich auf Jayns Arm vergraben und Taraxan band ihn mit einer Ranke an ihr fest. Die kleine Kreatur murrte, wehrte sich aber nicht. Dann flocht Taraxan auch für Jayn ein Geschirr aus den Ranken, das er mit dem Floß verband. Er wollte nicht riskieren, dass sie über Bord ging.

Er hatte das Floß das Ufer hinuntergeschoben, bis es kurz vor dem Wasser lag, und nun schob er es die letzten Meter. Sobald die Spitze des Floßes ins Wasser ragte, konnte er die Strömung daran zerren spüren. Er gab dem Floß einen letzten, beherzten Schub und schaffte es gerade noch in letzter Sekunde, aufzuspringen, bevor das Wasser sie davontrug.

Augenblicklich wurde ihm klar, dass er die Stärke der Strömung unterschätzt hatte. Trotz der relativ ruhigen Wasseroberfläche raste der Fluss nur so zwischen den beiden Ufern hindurch. Jayn sah verängstigt aus, aber sie drückte den zitternden Mistah Tiddls an sich und murmelte ihm beruhigende Worte zu.

Taraxan griff nach seinem provisorischen Ruder und

gab sein Bestes, das Floß auf die andere Flussseite zu steuern. Es war ein mühsamer Kampf. Das rauschende Wasser riss schon bald die meisten der Blätter am Ruder ab, aber er schaffte es irgendwie, sie in die Mitte des Flusses zu lenken.

Dann bracht die Katastrophe über sie hinein.

Das Floß kratzte über einen Fels, der unter der Wasseroberfläche verborgen lag, und zwei der Stämme lösten sich. Der Rest des Floßes blieb heil, aber die Fläche war erheblich verkleinert worden.

Jayn schaute ihn an, ihr Gesicht blass und verängstigt, und er tat sein Bestes, um ihr ein versicherndes Lächeln zuzuwerfen.

Die Strömung trug sie weiter, aber er versuchte weiterhin, das Floß auf die gegenüberliegende Uferseite zu lenken. Sie stießen mit einem weiteren Felsbrocken zusammen und verloren einen weiteren Stamm. Wenn sie noch mehr Stämme verlören, würden Jayn und Mistah Tiddls die nächsten sein.

Er musterte das immer kleiner werdende Floß, dann das Ufer, mittlerweile näher, aber immer noch weit entfernt. Er musste sie ans Ufer bringen, bevor das Floß völlig auseinanderfiel. Sein Ruder war mehr oder weniger nutzlos und ihm fiel nur eine Alternative ein.

Taraxan schmiss den Ast zur Seite und beugte sich zu Jayn hinunter.

„Mus schwieh-men", sagte er langsam.

Ihre Augen wurden groß und sie schüttelte panisch den Kopf. „Nein! Ich kann nicht."

„Niehcht duh. Iech. Zi-hen." Er verfluchte seinen begrenzten Wortschatz, als er versuchte, es ihr zu erklären.

„Das ist doch ein Witz. Wenn du schon nicht von hier oben lenken kannst, warum glaubst du dann, dass du das Floß vom Wasser aus steuern kannst?"

Noch während sie sprach, krachte das Floß in einen weiteren Felsen und ein weiterer Stamm löste sich, riss die Hälfte ihrer Vorräte mit.

„Kai-ne Wahl. Ookai", versicherte er ihr.

Ohne auf ihre Antwort zu warten, band er eine der Ranken um den Stamm, auf dem sie saß, und das andere Ende um seine Taille. Sobald sie aneinander gebunden waren, ließ er sich ins Wasser.

Die reißende Strömung zerrte an seinem Körper, wollte ihn vom Floß wegziehen, aber er hielt sich mit grimmiger Entschlossenheit fest. Das Wasser war überraschend kalt und er frage sich, ob es direkt aus den Bergen kam.

Das Floß trieb parallel zum Ufer und Taraxan versuchte nicht, es zu wenden. Stattdessen ließ er sich von der Strömung weitertragen, während er anfing, unter Wasser zu strampeln und sie langsam in Richtung des anderen Ufers zu lenken. Zuerst schien es so, als ob es kaum einen Unterschied machte, aber er weigerte sich, aufzugeben, und langsam, ganz, ganz langsam, bewegten sie sich auf das andere Ufer zu.

Die Zeit schien unendlich langsam zu vergehen. Seine Arme schmerzten davon, sich am Floß festzuhalten, und seine Beine waren schwer wie Blei, aber er würde nicht aufgeben, paddelte und strampelte mit verbissener Entschlossenheit. Er war so konzentriert darauf, zu strampeln, dass das plötzliche Gefühl von Sand unter seinen Füßen ihn erschreckte. Sie hatten es geschafft!

Er konnte die Strömung noch immer an sich zerren spüren, aber sie war nun viel schwächer und Taraxan schob die Überreste des Floßes auf das Ufer zu. Gerade, als die Spitze des Floßes den Strand berührte, schoss ein greller Schmerz durch seine Wade. Er schaute hinunter und sah ein langes, dunkles Reptil davonschwimmen.

„Veh-damt", murmelte er, als der Schmerz vom Biss in sein Bein ausstrahlte.

„Was ist los?" Jayn schaute ihn nervös an. „Soll ich absteigen und schieben helfen?"

„Nain!", erwiderte er eilig. Er konnte den Gedanken nicht ertragen, wie sich die scharfen Zähne des Reptils in ihre zarte Haut bohrten.

Mit letzter Kraft schob er das Floß weiter den Strand hinauf und entschied schließlich, dass es vor der Strömung in Sicherheit war. Als er Jayn und Mistah Tiddls losband, schnatterte Mistah Tiddls wütend, dann verschwand er in den Bäumen. Jayn schüttelte den Kopf, dann lächelte sie Taraxan an.

„Der arme Mr. Tiddles. Ich glaube, ihm hat seine erste Bootsfahrt kein bisschen gefallen. Ich kann nicht gerade behaupten, dass ich ein großer Fan davon war, aber wir haben es geschafft!" Sie schlang ihre Arme um seine Taille, dann schauderte sie. „Brrr. Ich hatte keine Ahnung, dass das Wasser so kalt ist. Du musst ja ganz durchgefroren sein."

„Ookai", brachte er hervor, aber seine Zähne klapperten.

„Du bist nicht okay. Wir müssen ein Feuer anzünden, damit du dich trocknen und wärmen kannst."

Ihre Stimme klang seltsam, als ob sie weit entfernt wäre, aber schließlich drangen ihre Worte zu ihm durch und er nickte. Als er auf den Dschungel zuging, um Feuer- holz zu suchen, schossen mit jedem Schritt Schmerzen durch sein Bein, aber er weigerte sich, sich dem Schmerz geschlagen zu geben. Er musste sich um Jayn kümmern.

11

Beunruhigt schaute Jane zu, wie Tarax langsam Äste und Zweige für ein Feuer zusammensammelte. Als er das Feuer aufgebaut hatte, versuchte er seinen üblichen Trick mit den beiden Feuersteinen, aber er schaffte es nicht, das Feuer zu entfachen.

„Soh-ri", entschuldigte er sich, seine Stimme belegt.

„Kein Problem. Ich dachte nur, es würde dir helfen, dich abzutrocknen. Es ist sicher so warm, dass wir kein Feuer brauchen."

Aber trotz ihrer beschwichtigenden Worte war sie beunruhigt. Sie konnte sehen, dass seine Hände zitterten, als ob er unterkühlt wäre. Vielleicht musste er etwas essen, um wieder Energie zu bekommen.

„Ich habe noch ein bisschen Obst in meiner Tasche. Du solltest etwas essen."

In ihrer Eile erwischte sie das falsche Ende der Tasche und alles kullerte heraus. Sie wollte die Sachen gerade wieder einsammeln, als Tarax einen heiseren Schrei ausstieß und nach dem Metallzylinder griff, der ursprünglich in ihrer Tasche gewesen war.

Bevor sie fragen konnte, was er da machte, schnippte er das obere Ende des Zylinders auf und eine kleine Flamme erschien. Sie starrte ihn schockiert an, während er die Flamme an den kleinen Berg aus Ästen hielt, und einen Moment später knisterte schon ein heiteres Feuer.

„Feu-ah", stieß er noch zufrieden aus, dann fiel der neben dem Lagerfeuer zu Boden. Jane stürzte zu ihm, um zu sehen, was los war, und erkannte, dass er einfach eingeschlafen war, sein Atem rau, aber gleichmäßig. Er musste von dem Kampf gegen den Fluss erschöpfter sein, als ihr klar gewesen war, aber sie wünschte, er wäre nicht ganz so schnell eingeschlafen.

Ihre Gedanken überschlugen sich verwirrt, als sie den kleinen Metallzylinder in die Hand nahm. Ein Feuerzeug. Woher hatte er das gewusst? Die ganze Zeit über, die sie zusammen verbracht hatten, hatte es keine Anzeichen dafür gegeben, dass er in irgendeiner Weise mit fortschrittlicher Technik vertraut war. Sogar sein Messer schien kaum mehr als eine primitive Waffe zu sein, auch wenn es an irgendeinem Zeitpunkt natürlich geschmiedet worden sein musste.

Aber wenn Tarax ein Feuerzeug erkannte, bedeutete das, dass er diejenigen kannte, die sie hierhergebracht hatten? Steckte er irgendwie mit ihnen unter einer Decke?

Noch während dieser Gedanke in ihr aufstieg, verwarf sie ihn wieder. Sie wusste, dass er sie niemals verraten würde – aber er würde sich dennoch gründlich erklären müssen, wenn er wieder aufwachte. Und ganz egal, wie schwer die Sprachbarriere war, er würde genau das tun müssen, bevor sie auch nur einen Schritt weiterging.

Ihr Wunsch nach einer Erklärung schwand, als sich sein Zustand verschlechterte und ihr schon bald klar wurde, dass es ihm wirklich elendig ging. Immer wieder überkam ihn so heftiger Schüttelfrost, dass sein ganzer

Körper bebte, abgewechselt von Phasen, in denen seine Haut vor Schweiß glänzte. Er wälzte sich unruhig hin und her, murmelte auf seiner eigenen Sprache vor sich hin.

Sie wollte sich nicht weit von ihm entfernen, aber sie tat ihr Bestes, das Camp so herzurichten, wie sie es üblicherweise taten. Während einer seiner wacheren Phasen brachte sie ihn dazu, sich auf das Lager aus Blättern zu legen, das sie aufgebaut hatte, dann errichtete sie um ihn herum einen ziemlich schiefen und scheppen Unterschlupf. Sie hatten kaum noch Proviant übrig, denn die meisten ihrer Vorräte waren vom Fluss davongetragen worden, aber sie fand noch etwas geräuchertes Fleisch in ihrer Tasche und kochte es zusammen mit etwas Wasser in ihrem Kochbeutel. Das nächste Mal, als Tarax wach wurde, ermahnte sie ihn, etwas der heißen Brühe zu trinken.

Als ob er die Ernsthaftigkeit der Lage verstand, war Mr. Tiddles ihr den ganzen Nachmittag über wie ein stummer Schatten gefolgt, hatte geholfen, wo er konnte. Es begann zu dämmern und sie schauderte, nahm Mr. Tiddles auf den Arm und streichelte ihn.

„Das ist wie in der ersten Nacht", erklärte sie ihm. „Ich habe gar nicht zu schätzen gewusst, was für einen Unterschied es macht, Tarax hier zu haben."

Mr. Tiddles plapperte leise und tätschelte ihre Wange. Sie schniefte und drückte ihn an sich. Schweigend saßen sie da, lauschten Tarax, der im Schlaf stöhnte.

Als er das nächste Mal wach wurde, trank er wieder etwas der Fleischbrühe, dann gab auch Jane sich ihrer Erschöpfung geschlagen und legte sich neben ihn. Seine Haut glühte förmlich, aber sobald sie sich neben ihn legte, rollte er sich zur Seite und zog sie an sich.

„Jayn", murmelte er, seine Augen noch immer geschlossen. „Lieh-be Jayn."

Ihr Herz machte einen Sprung. Hatte er das wirklich gerade gesagt? Und wenn er es gesagt hatte, woher konnte sie wissen, dass es nicht einfach nur das Fieber war, dass da sprach? Ihre Logik konnte allerdings das warme Glühen des Glücks nicht verhindern, das sie erfüllte.

„Ich liebe dich auch", wisperte sie, als diese Erkenntnis durch sie hindurchrauschte.

Sie war nicht davon ausgegangen, dass ihre Worte seinen Fieberschlaf durchdringen würden, aber er begann, sie mit rasender Dringlichkeit zu küssen, sein Mund heiß-hungrig, als er ihre Lippen mit seinen öffnete und ihren Mund plünderte. Er küsste und knabberte an ihrem Hals, bevor er zu ihren Nippel weiterwanderte, sie in seinen Mund nahm und hart daran lutschte, Blitze durch sie hindurchschickte, die direkt in ihren Kitzler schossen. Empfindungen rauschten durch sie hindurch, sein Mund und seine Hände beinah zu grob, aber sie riefen so viel feurige Lust in ihr hervor, dass sie nicht einmal daran dachte, zu protestieren.

Von ihren Brüsten aus wanderte er weiter, ließ sie wund und sehnsüchtig zurück, fand ihren Kitzler und leckte die empfindliche Perle mit rauem, dringlichem Lecken, bis ein schneller, heftiger Höhepunkt über sie hinwegrollte und sie bebend zurückließ. Tarax knurrte und drehte sie um, hob ihre Hüften an, dann vergrub er sich mit einem einzigen, heftigen Stoß in ihr. Sie war kaum bereit für ihn, aber er hielt nicht einmal inne, legte ein forderndes Tempo vor, bei dem sie nur noch hilflos keuchen konnte, überwältigt vor Lust.

Wieder knurrte er auf und riss ihre Hüften höher, hielt sie fest, damit sie seine Stöße empfangen konnte. Sein Körper legte sich über ihren, seine Hitze umgab sie, als sein Mund ihren Nacken fand. Seine Hand glitt um ihre Taille und presste sich auf ihren Kitzler und er rieb verlangend über das harte Fleisch, bis sie ein weiterer Höhepunkt überkam und ihr Körper in einer endlosen Welle der Glückseligkeit erschauderte. Er schwoll unmöglich groß in ihr an, dann brüllte er auf, als heiße Flüssigkeit sich in ihr ergoss. Sein Mund kehrte zu ihrem Hals zurück und seine Zähne bissen in die zarte Haut, bis der Schmerz sie in einen weiteren Höhepunkt stürzte.

Er brach über ihr zusammen, schaffte es allerdings, sein Gewicht nicht ganz auf sie abzugeben.

„Mai-ne Lieh-be", wisperte er, dann fiel er wieder in einen schweren Schlaf. Sie lag da, bebte noch immer am ganzen Körper, ihr Verstand ganz benommen, halb vergraben unter seinem großen, schweren Körper – und dann lächelte sie.

DER BRENNENDE SCHMERZ in Taraxans Bein riss ihn aus dem Schlaf, aber sein erster Gedanke galt Jayn. Zu seiner Erleichterung spürte er, wie sie sich an seine Seite schmiegte, aber dann stieg eine weitere Erinnerung in seinen Gedanken auf. Von ihr, unter ihm, nicht neben ihm. Die meisten Ereignisse der letzten Nacht waren verschwommen, aber plötzlich blitzte die lebhafte Erinnerung an ihren üppigen Körper unter ihm auf, wie er in die heißen Tiefen ihres Körpers hineinstieß, wie ihr süßes Blut über seine Zunge lief, als er seinen Anspruch auf sie erhob.

Als er seinen Anspruch *auf sie erhob?*

Er rollte zur Seite, strich ihr die langen, dunklen Haare vom Hals. Er wollte triumphierend aufbrüllen, als er seine Markierung auf ihrem Nacken erblickte, aber dann brach die Erkenntnis über ihn herein. In seinem fiebrigen Zustand hatte er nur gewusst, was *er* wollte. Er könnte ihr nicht verraten, dass er sich ohne ihr Wissen mit ihr verpartnert hatte. Er würde sie nicht zwingen, bei ihm zu bleiben.

Als ob sie seinen Blick spüren würde, öffnete Jayn die Augen und lächelte ihn an.

„Du bist wach! Geht es dir besser?"

Nein! Ich liebe dich und ich habe Angst, dass du mich verlässt.

Aber er konnte die Worte nicht laut aussprechen. Stattdessen konzentrierte er sich auf seine körperliche Verfassung. Sein Fieber war zurückgegangen, aber die Wunde an seinem Bein musste versorgt werden. Er zwang sich in eine sitzende Position, damit er den Schaden begutachten konnte. Dunkelgrüne und rote Striemen strahlten von dem Biss aus.

„Main Bain ihst ent-zühn-det."

Für einen Moment sah sie erschrocken aus, dann entsetzt.

„Oh mein Gott. Ich dachte, dir wäre nur kalt gewesen wegen des eisigen Wassers. Was machen wir jetzt? Wir haben kein Verbandszeug oder Arzneimittel."

„Feu-ah", erwiderte er grimmig. Er würde die Wunde ausbrennen müssen, damit sich die Infektion nicht ausbreiten konnte.

Ihr Gesicht wurde weiß wie eine Wand, aber sie nickte. „Was brauchst du?"

„Feu-ah", wiederholte er. „Meh-ssah."

„Oh Gott. Okay." Sie spähte aus der Öffnung des Unterschlupfs. „Das Feuer ist ausgegangen, aber ich glaube, ich kann es wieder anfachen. Vor allem jetzt, wo ich weiß, dass wir ein Feuerzeug haben." Sie runzelte auf eine niedliche Art und Weise die Stirn. „Und sobald es dir besser geht, werden wir uns darüber unterhalten, woher genau du wusstest, was es ist. Aber jetzt gehe ich erst einmal Feuerholz sammeln."

Er wollte protestieren, als sie aus dem Unterschlupf

trat – er hasste die Vorstellung, wie sie allein im Dschungel unterwegs war –, aber er hatte nicht die Kraft, ihr zu folgen.

„Geh mit ihr mit", befahl er Mistah Tiddls und die kleine Kreatur flitzte davon.

Während die beiden unterwegs waren, schleppte sich Taraxan mühsam aus dem Unterschlupf. Als er an der Feuerstelle ankam, war er schweißgebadet, aber während er darauf wartete, dass sich sein Körper erholte, wiederholte er in Gedanken ihre Worte. Feuerzeug? Eine weitere, verschwommene Erinnerung versuchte, an die Oberfläche zu steigen, und er stöhnte leise auf. Es schien so, als ob er seine Herkunft nicht mehr länger vertuschen konnte.

12

Jane kehrte zurück und entdeckte Tarax, der an der Feuerstelle auf sie wartete. Er sah blass und kränklich aus, und ihr erster Impuls war es, die Arme um ihn zu schlingen und ihm zu sagen, dass sie ihn liebte. Aber er hatte seine Worte heute Morgen nicht wiederholt. Was, wenn es nur ein Fiebertraum gewesen war? Was, wenn er nicht einmal realisiert hatte, dass sie es gewesen war?

Nein, entschied sie. Er hatte zu oft ihren Namen genannt, als dass sie das glauben konnte.

Aber es gab noch immer zu viele unbeantwortete Fragen, einschließlich seines Wissens über das Feuerzeug. Zuerst mussten sie ihn heilen, dann würden sie reden.

Ohne größere Probleme bekam sie das Feuer an, dann beobachtete sie voller Unbehagen, wie Tarax sein Messer hervorholte. Mit der flachen Seite der Klinge berührte er die zerklüftete Wunde an seinem Bein, aber schon bei dieser leichten Berührung fauchte er vor Schmerzen auf.

„Hiehr drü-kn", befahl er ihr, dann hielt er die Klinge in die Flammen.

„Ich?" Ihre Stimme zitterte. Es war schlimm genug

gewesen, zu wissen, was er vorhatte – ihr war nicht klar gewesen, dass sie tatsächlich diejenige war, die es tun musste.

Er wandte den Blick ab. „Köh-nte on-mähch-tik wehr-dn."

Sie konnte sehen, wie sehr er es hasste, das zugeben zu müssen, und sie sammelte allen Mut zusammen.

„Okay. Ich mache es."

Langsam begann die Klinge, rot zu glühen, und sie nahm ihm den Griff ab.

„Schnell. Fehs-te", ermahnte er sie, als er vorsichtig sein Bein ausstreckte.

Ihr Magen überschlug sich, aber sie schluckte die Galle hinunter, die in ihrem Hals aufstieg. „Bist du bereit?"

Er nickte und sie presste die flache Seite der Klinge fest auf die Wunde. Der Gestank von verbranntem Fleisch erfüllte die Luft und sie kämpfte verzweifelt dagegen an, sich nicht zu übergeben. Tarax machte kein Geräusch und verlor auch nicht das Bewusstsein, aber seine Haut wurde noch blasser. Es wäre besser, er wäre ohnmächtig geworden, dachte sie, als sie die Klinge wieder wegnahm.

Die Verbrennung bedeckte die Wunde und er nickte anerkennend, bevor er stumm zu Boden sank.

Jane wandte sich ab und übergab sich abrupt. Mr. Tiddles eilte zu ihr, tätschelte mit seiner kleinen Pfote ihren Arm, bis ihre Krämpfe verebbten. Zitternd atmete sie ein, wusch sich den Mund aus und kehrte an Tarax' Seite zurück.

Er war noch immer bewusstlos, aber seine Stirn war kühl, als Jane sie berührte. Behutsam deckte sie ihn mit großen, feuchten Blättern zu, dann setzte sie sich hin und wartete ab.

Als er die Augen wieder öffnete, stand die Sonne schon

am höchsten Punkt im Himmel und Jane war ein nervöses Wrack.

„Oh, Gott sei Dank!", rief sie aus. „Ich habe mir solche Sorgen gemacht. Wie geht es dir?"

„Bes-sah."

Er setzte sich auf, bewegte sich noch immer langsam, während sie ihm etwas Brühe brachte. Als er sie ausgetrunken hatte, hatte seine Haut wieder ihre normale, grüne Farbe.

„Duh hast dahs guht ge-macht", sagte er, als er seine Wunde inspizierte. Die Brandwunde sah schmerzhaft aus, aber die roten Striemen waren verschwunden.

„Ich hoffe, ich muss so etwas nie wieder machen." Sie schauderte.

Seine Hand legte sich auf ihre. „Mu-tie-ges Waib-chen."

Ihre Augen trafen sich und seine glühten mit einem warmen Gold. Jane schmiegte sich an ihn. Aber jetzt, als er nicht länger in Gefahr zu schweben schien, kamen ihre Fragen mit aller Macht zurück.

„Wir müssen reden", sagte sie langsam.

Er zuckte zusammen und sie konnte nichts dagegen tun, sich zu fragen, ob das eine universelle, männliche Reaktion auf diese Worte war.

„Soh-ri", sagte er eilig.

„Was tut dir leid?"

„Waiß niecht wieh …"

„Du wusstest nicht, wie du es mir sagen solltest, meinst du?"

Er nickte, wandte den Blick ab.

„Tarax, bist du überhaupt von diesem Planeten?"

Sie hielt die Luft an, wartete auf seine Antwort. Als er den Kopf schüttelte, bemerkte sie, dass sie nicht wirklich überrascht war, auch wenn das nur noch weitere Fragen in ihr hervorrief.

„Ich verstehe nicht. Warum bist du dann hier?"

Er griff nach seinem Gürtel, rollte die verwobenen Stränge auf und zeigte ihr die Plastikscheibe, genau wie ihre, die er darin verborgen hatte.

„Oh, mein Gott. Du auch?"

Sie sprang auf, konnte nicht länger stillsitzen und begann, auf der Lichtung auf und ab zu gehen. „Ich verstehe nicht", murmelte sie wieder. „Ist das irgendein krankes Spiel? Und warum hast du es mir nicht erzählt?"

Sie war so damit beschäftigt, auf und ab zu gehen und vor sich hinzumurmeln, dass sie direkt in ihn hineinlief, als er sich ihr in den Weg stellte. Das meiste Gewicht hatte er auf sein gesundes Bein gelagert, aber er stand, und die vertrauten Erhebungen seiner Brust waren unerwartet beruhigend, als er sie in seine Arme zog.

„Waiß niecht", wiederholte er.

„Du weißt auch nicht, warum wir hier sind?"

Er schüttelte den Kopf, musterte ihr Gesicht.

„Aber wir sind an denselben Ort unterwegs?"

„Jah."

„Du hättest es mir sagen sollen."

„Jah."

„Oh, Tarax, ich bin so verwirrt."

Aber trotz ihrer Verwirrung zog sie sich nicht aus seiner Umarmung. Stattdessen presste sie sich an ihn. Seine Hand legte sich auf ihre Wange, dann glitt sie langsam hinunter und umkreisten die Bissspur an ihrem Nacken. Er brummte zufrieden vor sich hin und ihr Atem blieb stehen. Waren die Ereignisse der letzten Nacht auf mehr zurückzuführen als auf sein Fieber?

Sie blickte zu ihm auf und sah, dass er sie mit glühenden Augen beobachtete, und sie öffnete den Mund, um ihn zu fragen. Aber sie konnte den Gedanken nicht ertragen, dass er seine Worte womöglich bereute.

Stattdessen schenkte sie ihm ein strahlendes Lächeln und hoffte, es sah aufrichtig aus. „Vielleicht finden wir die Antwort, wenn wir an unserem Ziel angekommen sind. Du solltest dich den Rest des Tages ausruhen, und wenn es dir weiterhin besser geht, wandern wir morgen weiter."

Taraxans Herz schmerzte, als Jayn sich von ihm abwandte. Er wollte sie unbedingt beruhigen, aber er hatte im Augenblick nicht die Antworten, die sie brauchte. Und er begann zu vermuten, dass es mehr war als ihre Umstände, die sie bekümmerten.

War gestern Nacht irgendetwas vorgefallen? Er erinnerte sich an einen Rausch der Zufriedenheit, aber er konnte sich nicht daran erinnern, was diesen Rausch hervorgerufen hatte. Seine einzige, klare Erinnerung war, wie er sie mit einem überwältigenden Verlangen geliebt hatte. War er zu heftig gewesen?

Den ganzen Nachmittag über beobachtete er sie nervös, aber auch wenn sie ungewöhnlich still war, schien sie sich nicht unwohl mit ihm zu fühlen. Als es Abend wurde und Zeit, schlafen zu gehen, wurden ihre Wangen wieder so herrlich rot, aber sie kam ausgesprochen bereitwillig mit ihm mit.

Er verzehrte sich nach ihrer Berührung, aber er wollte ihr keinen Kummer bereiten. Beim Schwert! Er hatte sich seit seiner ersten Solomission nicht mehr so unsicher gefühlt.

Zu seiner unendlichen Erleichterung seufzte sie und drehte sich zu ihm.

„Liebe mich, Tarax", wisperte sie.

Dieser Bitte kam er liebend gern nach, betete ihren

Körper genussvoll und gründlich an – versuchte, mit seinen Berührungen zu vermitteln, wozu ihm die Worte fehlten. Sein langsames Tempo dauerte an, bis seine Lippen über die Markierung seiner Zähne glitten und ihr Körper vor Erregung bebte. Als er die Geste wiederholte, bog sie den Rücken durch, streckt sich ihm entgegen. Sie reagierte, wie ein verpartnertes Weibchen es tun würde, und Zufriedenheit erfüllte ihn, als er sich auf die Markierung fokussierte, sie damit in einen langen, bebenden Höhepunkt trieb, bevor er sich gestattete, ihr zu folgen.

Am nächsten Morgen brachen sie früh auf, und auch wenn Jayn wortkarger als üblich war, lag ihre Hand leicht in seiner und er entspannte sich endlich.

Während sie weiterwanderten, lichtete sich der Dschungel zunehmend, die Bäume wurden kleiner und standen weiter auseinander. Das Moos unter ihren Füßen verschwand, wurde von einem Laubteppich abgelöst. Jayn zuckte zusammen, als sie darüber gingen, und er ließ sie anhalten, wühlte auf der Suche nach den letzten Fellresten durch ihre Tasche. Mit ein paar Ranken band er sie an ihre Füße, ein Paar primitive, aber effektive Fußbedeckungen, und sie lächelte ihn dankbar an.

„Danke."

Sie gingen weiter, aber ihr Tempo wurde langsamer. Taraxan vermutete, dass sie es beide nicht besonders eilig hatten, ihr Ziel zu erreichen.

Die Landschaft veränderte sich weiter. Die Bäume verschwanden vollends, wurden von einem hügeligen Grasland abgelöst. Diese charakterlose Ebene machte es ihnen schwer, die Richtung beizubehalten, aber er achtete darauf, den Fluss immer rechts von sich zu haben und die Sonne direkt vor sich. Die Sonne sank schon in Richtung Horizont, als sie über einen kleinen Hügel kamen und abrupt stehenblieben.

Direkt vor ihnen befand sich ein strahlend weißes Gebäude, wirkte in dieser Naturlandschaft völlig fehl am Platze. Wenn sie dieses Haus auf Dotura sehen würden, hätte er nicht einmal mit der Wimper gezuckt, aber nach all der Zeit in der Wildnis sah es erschreckend fremd aus.

Jayns Finger zogen sich um seine Hand zusammen.

„Ist es das?", fragte sie leise.

Es war niemand in der Nähe, der sie hören konnte, aber er verstand ihr Bedürfnis, nicht zu laut zu sprechen. Sogar Mistah Tiddls hockte stillschweigend auf Jayns Schulter. Das einzige Geräusch war der Wind, der durch das hohe Gras rauschte, aber Taraxan hatte plötzlich das Gefühl, als ob jemand jedes ihrer Worte belauschte.

„Jah."

Keiner von ihnen bewegte sich. Schließlich schaute Jayn zu ihm hoch und ihre kleinen Zähne gruben sich wieder in ihre Unterlippe.

„Ich schätze, wir sollten hingehen und herausfinden, was das alles zu bedeuten hat."

Er nickte zustimmend, aber seine freie Hand fiel auf den Griff seines Messers, als sie langsam den Hügel hinuntergingen. Als sie näher auf das Gebäude zukamen, erkannte er, dass es nicht so groß war, wie es aus der Ferne geschienen hatte. Ein langes, flaches Gebäude, das längs an einer größeren Struktur stand, die einem Flugzeughangar glich. Befand sich darin etwa ein Luftschiff? Eine Möglichkeit, um von diesem Planeten fortzukommen?

Er schaute auf Jayn hinunter, die noch immer seine Hand umklammerte. Er würde nicht zulassen, dass sie getrennt wurden, schwor er sich wortlos.

Aber was, wenn sie in ihre eigene Welt zurückkehren wollte? Waren ihre Gefühle für ihn stark genug, um die Sehnsucht nach ihrem Zuhause zu übertönen? Seine Brust schmerzte so sehr, dass er fast glaubte, ein Dolch würde sich in sein Herz bohren, aber es war ein noch viel schlimmerer Schmerz. Es musste sich doch ein Weg finden lassen, dass sie zusammenbleiben konnten.

Als sie auf das kleinere Gebäude zugingen, wurde eine Schiebetür zur Seite geschoben und sein Griff um das Messer wurde fester. Vielleicht war es nur ein automatischer Mechanismus, aber es gefiel ihm nicht, dass womöglich jemand auf sie gewartet hatte.

„Glaubst du, da ist jemand?", wisperte Jayn.

„Waiß niecht. Schüh-tse diech."

Ihr Lächeln zitterte ein wenig, aber er konnte Aufrichtigkeit in ihren Augen erkennen, als sie nickte. „Das weiß ich."

Sie traten durch die Schiebetür und Jayn zuckte zusammen, als sie sich hinter ihnen wieder schloss. Ein langer, weißer Korridor erstreckte sich vor ihnen und Lichter in der Decke gingen flackernd an. Wieder hatte Taraxan das Gefühl, beobachtet zu werden, und seine Haut kribbelte vor Unbehagen. Aber sie waren den ganzen weiten Weg hierhergekommen, um Antworten zu bekommen. Es wäre dumm, jetzt aufzuhören.

Hand in Hand gingen sie den Flur hinunter, seine nackten Füße und Jayns weiches Schlurfen auf dem Metallboden die einzigen Geräusche weit und breit.

Eine zweite Schiebetür glitt auf, als sie am Ende des Korridors angekommen waren, und sie traten in einen großen Raum, der direkt aus einem Haus auf Dotura stammen könnte. An einem Ende standen geradlinige Möbel mit luxuriösen Lederkissen darauf, die um ein großes Panoramafenster herum angeordnet waren, durch das man einen Blick auf die weite Ebene hatte. Am anderen Ende des Zimmers stand ein großes, erhöhtes Bett, und durch eine offene Tür daneben konnte er ein voll ausgestattetes Badezimmer sehen.

Jayns Augen wurden groß, als sie sich umschaute. „Ich verstehe nicht. Wohnt hier jemand?"

Wie als Antwort ertönte eine mechanische Stimme aus einem versteckten Lautsprecher.

„Willkommen, Kommandant Bellkandis. Sie haben die Prüfung erfolgreich bestanden."

„Was denn für eine Prüfung?", knurrte er, bevor ihm bewusst wurde, dass die Stimme ihn auf Doturanisch angesprochen hatte.

Jayn sah besorgt aus und er drückte versichernd ihre Hand.

„Das Überlebenstraining, natürlich. Sie haben ihr Ziel erreicht, wenn auch etwas langsamer, als erwartet."

Die Antwort war viel zu vage für seinen Geschmack, aber die Umstände seiner Ankunft schienen viel weniger wichtig zu sein als das, was diese unsichtbare Stimme noch für sie in petto hatte. „Was passiert jetzt?"

„Sie können zurück nach Hause fliegen. Im Hangar wartet ein Schiff auf Sie, allerdings sind wir davon ausgegangen, dass Sie sich gerne kurz erholen und frisch machen wollen, bevor Sie Ihre Reise antreten."

In der Wand fuhr eine kleine Luke auf, aus der ein Tablett erschien, vollgestellt mit einer Auswahl an Doturaner Delikatessen.

„Und was ist mit Jayn?", fragte er. „Sie hat das Überlebenstraining auch bestanden."

„Sie waren der Kandidat für den Test, Kommandant", bemerkte die Stimme abfällig. „Die Aufgabe des Weibchens war es nur, eine Ablenkung für Sie darzustellen."

Ablenkung? Zorn rauschte durch seine Adern, dass Jayn so kaltschnäuzig benutzt worden war, von wem auch immer, der sich diese Prüfung ausgedacht hatte.

„Werden Sie sie auf ihren eigenen Planeten zurückbringen?", presste er zwischen zusammengepressten Zähne hervor.

„Natürlich nicht. Ihre Art ist noch nicht bereit für das Wissen über andere Zivilisationen."

Sein Herz brach für Jayn, aber er konnte auch nicht anders, als ein gewisses Maß an Erleichterung zu verspüren. Nie im Leben würden sie nun getrennt werden.

„Dann kommt sie mit mir mit", erklärte er entschieden.

„Das ist nicht gestattet. Wir wissen nicht, was für eine Auswirkung ihre Anwesenheit auf andere Völker haben könnte. Sie bleibt hier", erwiderte die Stimme ruhig.

Wieder fauchte Taraxan und Jayn drückte seine Hand.

„Was ist los? War das mein Name? Stimmt irgendetwas nicht?"

Er zog sie in einer versichernden Umarmung an sich, aber seine Gedanken rasten. Wer auch immer diese *Prüfung* ausführte – und er würde diese Person wahnsinnig gerne kennenlernen, dachte er grimmig –, schien sich ausgesprochen sicher zu sein, dass er ihren Befehlen gehorchen würde. Aber er hatte nichts dergleichen vor.

„Ist das Essen für uns?", fragte Jayn mit einem sehnsüchtigen Blick auf das vollgeladene Tablett.

„Jah. Ab-a niecht sieh-cha."

Möglicherweise war es sicher, aber wollte einfach kein Risiko eingehen. Und sogar der immer hungrige Mistah Tiddls machte keine Anstalten, das Essen zu inspizieren.

Jayn ließ die Schultern hängen, nickte aber. „Und was jetzt?"

Der erste Punkt der Tagesordnung war es, das Gebäude zu erkunden und herauszufinden, ob sich irgendwelche Hinweise auf diesen mysteriösen Prüfungssteller fanden. Taraxan wusste, dass Jayn müde war, und er dachte darüber nach, sie hier in diesem komfortablen Zimmer zu lassen, aber er wollte sie nicht allein lassen. Er hegte die quälende Angst, dass er zurückkam und sie verschwunden sein würde.

„Jehz er-kuhn-dn", sagte er. Die einzige Alternative war es, das Gebäude wieder zu verlassen, aber er war noch nicht bereit, die Chance aufzugeben, dass er Jayn womöglich von diesem Planeten mit nach Dotura nehmen konnte.

Wieder nickte sie und lächelte ihn tapfer an. Er drückte ihr einen schnellen Kuss auf die Lippen, dann gingen sie in den Flur zurück.

13

Als er die Wände im Flur diesmal genauer inspizierte, bemerkte Taraxan diverse weitere Schiebetüren. Die ersten beiden öffneten nur kleine, leere Zimmer, aber hinter der dritten Tür befand sich ein viel größerer Raum, dessen Wände voller Bildschirme hingen. Einige von ihnen zeigten eine Dschungellandschaft und er erkannte mehrere Orte ihrer Reise wieder, einschließlich der Lichtung mit dem Teich. Andere Bildschirme zeigten weitläufige Wüstenlandschaften, lange Küstenstreifen und sogar abgeschottete Berggipfel.

„Haben sie uns beobachtet?", fragte Jayn.

Er nickte finster. Ohne Zweifel hatten sie die Ergebnisse ihrer Prüfung überwacht.

„Sogar, als wir …" Ihr Gesicht wurde leuchtend rot.

Diese Vorstellung brachte ihn in Rage – er war die einzige Person, die ihre Lust beobachten durfte –, aber im Augenblick gab es andere Dinge, um die er sich sorgen musste.

Er inspizierte das Zimmer genauer und bemerkte, dass es abgesehen von den Bildschirmen keine weitere Ausrüstung gab. Keine Schreibtische, keine Sitzgelegenheiten, keine Kabel oder Verbindungsstecker. War jemals irgendjemand in diesem Raum gewesen oder wurden die Aufnahmen irgendwo anders hin übertragen?

Jayn schien zu der gleichen Erkenntnis gekommen zu sein. „Wo sind alle?"

Er schüttelte den Kopf. Dieser Ort war für ihn ein ebenso großes Mysterium wie für sie.

Als sie wieder auf den Flur traten, entdeckten sie noch einen weiteren, leeren Raum, dann kamen sie schließlich im letzten Zimmer an, das voller Vorräte stand. Einige davon waren unschwer als Doturanisch erkennbar, aber viele von ihnen erkannte er nicht. Zum ersten Mal wurde ihm klar, dass er womöglich nicht das einzige Männchen war, das eine Prüfung absolvieren musste.

Aber er verwarf den Gedanken. Er hatte keine anderen Männchen gesehen und im Augenblick wollte er einfach Antworten über ihre eigene Situation haben.

Auf der anderen Seite des Flurs befanden sich nur drei Türen – die Tür zum Hangar, eine zu einem weiteren Vorratsraum und die dritte zu einem Verbandsraum. Als er diese Tür öffnete, stieß er einen Seufzer der Erleichterung aus. Das Zimmer war so gut ausgestattet, dass er Jayn ein Übersetzungsimplantat einsetzen konnte. Er musste ihr sagen, was er für sie empfand, und er wollte sicher sein, dass sie ihn auch verstand.

Sie folgte ihm ins Verbandszimmer, schaute sich neugierig um, während er in den Schubladen wühlte.

„Das sieht aus wie ein Arztzimmer."

„Jah."

„Wonach suchst du? Nach etwas für dein Bein?"

Das war ihm überhaupt nicht eingefallen, aber es war eine gute Idee. Von den Prüfern fehlte jede Spur, aber wenn er sie konfrontieren sollte, wollte er idealerweise in bester Verfassung sein. Außerdem half es womöglich, Jayn zu beruhigen, wenn er sich als erster auf das medizinische Bett legt, entschied er, als er endlich ein Übersetzungsimplantat gefunden hatte.

Er humpelte zum medizinischen Bett und legte sich darauf.

„Was machst du da?"

„Schauh tzu."

Er löste die Heilfunktion aus und das Bett begann, in einem weichen Rosa zu schimmern. Ein warmes Gel quoll aus dem unteren Teil des Betts hervor und umschloss sein Bein. Die Wärme nahm immer weiter zu, bis es fast schon unangenehm war, dann ließ sie abrupt nach. Das Gel löste sich wieder und verschwand im Innern des Betts.

Sein Bein sah nun so gut wie neu aus, nur ein schwacher Ring zeigte noch die Stelle des Bisses.

„Das ist ja fantastisch", rief Jayn aus, beugte sich hinunter und fuhr mit ihren kleinen, weichen Fingern über die frisch geheilte Haut. „Tut es gar nicht mehr weh?"

Nicht nur tat es nicht mehr weh, sondern das Gefühl ihrer zarten Hände auf seiner Haut hatte eine unvermeidliche Auswirkung auf seinen Schwanz. Ihre Augen wurden groß, als sie sah, wie er steif wurde.

„Ich schätze nicht", murmelte sie.

Für einen Augenblick war er versucht, ihre Probleme einfach zu vergessen und sich in Jayns süßem Körper zu verlieren, aber dafür würde später noch Zeit sein. *Hoffte er.*

„Duh bihst dran."

Jane wich einen Schritt zurück, als Tarax auf das medizinische Bett deutete, von dem er gerade aufgestanden war. „Ich? Warum? Ich bin nicht verletzt."

Er hielt ein kleines, durchsichtiges Gerät in die Höhe, nicht größer als ein Zehn-Cent-Stück. „Üh-bah-seh-tzn."

„Übersetzen? Du meinst, damit kann ich dich verstehen?"

Er nickte und sie trat einen Schritt auf ihn zu. Sie war noch immer nicht begeistert davon, außerirdische Technologie zu benutzen, aber die Vorstellung, ihn perfekt verstehen zu können, war ein starker Antrieb.

„Bist du sicher, dass es auch mit Menschen funktioniert?", fragte sie nervös

„Mit jeh-dem", erwiderte er entschieden.

Ihr Puls flatterte hektisch, aber sie konnte nicht glauben, dass Tarax jemals zulassen würde, dass ihr etwas zustößt. Sie nickte zögerlich und er belohnte sie mit einem strahlenden, reißzahnigen Lächeln.

Nachdem er ihr aufs Bett geholfen hatte, drückte er ihr einen schnellen Kuss auf die Lippen, dann platzierte er das kleine Gerät auf ihrem Handgelenk.

„Was passiert jetzt? Oh!"

Wieder quoll ein Gel aus dem Bett, diesmal hellgrün, und bedeckte ihr Handgelenk, bevor sie es wegziehen konnte.

Es tat nicht weh, aber ihr gefiel es nicht, sich gefesselt zu fühlen, und sie warf Tarax einen nervösen Blick zu.

„Ookai", sagte er sanft. „Schnell."

Und tatsächlich, schon wenige Sekunden später begann das Gel, zurückzufließen. Es war keine Spur mehr von dem Gerät auf ihrem Handgelenk zu sehen, und als sie mit dem Finger über die Stelle strich, wo es gelegen hatte, spürte sie nur ihre eigene Haut.

„Jane", sagte Taraxan, aber sie war zu beschäftigt damit, ihr Handgelenk zu betrachten, als ihm zu antworten.

„Das ist unglaublich."

„Jane", wiederholte er. „Kannst du mich verstehen?"

Das konnte sie, erkannte sie hocherfreut. Auch wenn sie noch immer das unterschwellige Grummeln in seiner Stimme hörte, war die Bedeutung seiner Worte viel klarer. Sogar ihr Name klang anders, eher so, wie sie ihn aussprechen würde.

„Kann ich! Und du kannst – na ja, ich schätze, du hast mich schon die ganze Zeit verstanden, oder?"

„Das Implantat hat mir geholfen, deine Sprache zu lernen, aber jetzt ist es viel deutlicher." Er zögerte, dann brachen die Worte nur so aus ihm heraus. „Ich liebe dich, Jane. Ich weiß, dass du womöglich anders empfindest."

„Natürlich liebe ich dich." Tränen traten in ihre Augen. „Ich habe es dir schon einmal gesagt. Als du mich gebissen hast."

Seine Augen flogen zu der Bisswunde an ihrem Hals.

„Als ich Fieber hatte?"

„Ja."

„Tut mir leid, ich konnte mich nicht daran erinnern."

Sie lächelte ihn durch ihre Tränen hindurch an. „Das macht nichts. Jetzt wissen wir beide, wie wir empfinden, und wir sind zusammen."

Sie trat einen Schritt auf ihn zu und plötzlich senkte sich eine durchsichtige Trennwand aus der Decke zwischen ihnen herab.

14

Taraxan trommelte mit den Fäusten gegen die Trennwand, konnte aber nichts dagegen ausrichten. Mr. Tiddles zwitscherte aufgeregt, kratzte ebenfalls an dem durchsichtigen Material.

Janes Augen wurden groß und panisch. „Was ist das?"

„Wir werden nicht zulassen, dass Sie noch mehr Zeit mit diesem Unsinn verschwenden, Kommandant Bellkandis." Die mechanische Stimme seines Prüfers hallte durch den kleinen Raum und diesmal wusste er, dass Jane sie verstanden hatte. „Es ist an der Zeit für Sie, zu Ihren Pflichten zurückzukehren. Dieses Weibchen wird hierbleiben."

„Nein", knurrte er und Jane wiederholte seinen Protest.

„Wenn Sie das nicht tun, werden wir Sie beide vernichten."

Jane stieß einen verschluckten Schluchzer aus. „Das können Sie nicht tun!"

„Wir können und wir werden." Die Stimme schien ein winziges bisschen sanfter zu werden. „Sobald er abgereist ist, werden Sie freigelassen."

„Sie können nicht erwarten, dass sie allein hier überlebt", protestierte Taraxan.

„Ich ... ich komme schon klar. Wenigstens weiß ich, dass du in Sicherheit bist." Tränen strömten über ihre Wangen, aber sie versuchte, zu lächeln.

Bei allen Schwertern, was sollte er nur tun? Er hatte absolut keine Absichten, sie hier zurückzulassen. Eher würde er hier bei ihr bleiben, als ohne sie abzureisen. Aber was, wenn er nicht abreisen konnte ...

Würden die Prüfer ihre Drohung wahr machen?

Es war ein Risiko, das er gewillt war, einzugehen. Lieber würde er hier sterben, als ohne sie zu existieren.

Er presste seine Hand gegen die Trennwand und sie spiegelte seine Geste, ihre Hand unglaublich klein an seiner.

„Vertraue mir", wisperte er. „Ich liebe dich, Jane."

„Ich liebe dich auch. Taraxan." Vorsichtig sprach sie seinen ganzen Namen aus, aber er schüttelte den Kopf.

„Für dich werde ich immer Tarax sein."

Er zwang sich, seine Hand von der Scheibe zu lösen. „Bleib bei ihr", befahl er Mr. Tiddles, dann rannte er davon.

Die Türen zum Hangar standen nun offen und er hielt lange genug inne, um sie zu inspizieren. *Gut.* Es waren standardmäßige Sicherheitsschleusen, die den Rest des Gebäudes vor möglichen Unfällen im Hangar abschirmen sollten. Ein finsteres Grinsen legte sich auf seine Lippen, als er den Hangar betrat und sich das wartende Luftschiff anschaute. Ein Kampfflugzeug der Imperialsklasse – schnell, effizient, tödlich. Während seiner Zeit auf der Akademie hatte er mit diesen Fliegern trainiert und es passte perfekt zu seinem Vorhaben.

Taraxan kletterte ins Cockpit und startete den Motor, der augenblicklich mit einem vertrauten Dröhnen antwortete. Aber anstatt den Startvorgang einzuleiten, klappte er eine kleine, verborgene Luke auf und initiierte das Selbstzerstörungsprogramm.

„Was machen Sie da?", hallte die Stimme des Prüfers durch den Hangar.

„Ich zerstöre das Schiff."

„Warum?"

„Weil ich Jane nicht allein hier zurücklassen werde. Eher sterbe ich."

„Sie werden beide sterben!"

Er zwang sich, mit den Schultern zu zucken. „Es wäre töricht, sie umzubringen, wenn ich nicht mehr hier bin. Und ich glaube nicht, dass Sie töricht sind." Oder zumindest betete er, dass sie es nicht waren.

Er glaubte, eine gedämpfte Diskussion zu hören, aber er konnte die Worte nicht verstehen. Endlich sprach die Stimme wieder.

„Wir können nicht gestatten, dass das Menschenweibchen diesen Planeten verlässt. Willigen Sie ein, zusammen mit ihr hierzubleiben?"

„Natürlich." Er musste nicht einmal darüber nachdenken. Seine Pflichten, seine Errungenschaften – sie bedeuteten ihm nichts ohne Jane.

„Nun gut. Terminieren Sie das Selbstzerstörungsprogramm."

„Das kann ich nicht. Man kann es nicht terminieren, sobald es gestartet ist." Das war nicht zwangsläufig wahr, aber er traute den Prüfern nicht. Wenn das Schiff noch flugtauglich war, dann würden sie ihn womöglich ein zweites Mal zwingen wollen, von hier fortzufliegen.

„Dann verlassen Sie den Hangar. Augenblicklich."

Triumph toste durch ihn hindurch, als er aus dem Cockpit kletterte und auf die Tür zu rannte, sie hinter sich zufahren ließ und verschloss. Er konnte den gedämpften

Schlag einer Explosion aus dem Hangar hören, aber er ignorierte es und rannte zum Verbandsraum zurück.

Jane stand noch immer mit blassem Gesicht hinter der Trennwand. Er wollte frustriert aufbrüllen, aber genau in diesem Moment glitt die Trennscheibe wieder in die Decke und Jane stürzte in seine Arme. Er hatte gerade seine einzige Hoffnung zerstört, diesen Planeten wieder zu verlassen, aber es schien ihn einfach nicht zu kümmern. Jane war hier und in Sicherheit, und sie waren zusammen. Alles andere war egal.

EPILOG

Drei Monate später…

JANE STRICH DEN PELZ, den sie im Dschungel hergerichtet hatte, auf dem Bett glatt und lächelte zufrieden über das Ergebnis. Mit jedem Tag fühlte sich dieses Haus mehr und mehr wie ein Zuhause an. Sie wusste, dass Tarax ein schlechtes Gewissen hatte, weil er die einzige Transportmöglichkeit von diesem Planeten herunter zerstört hatte – auch wenn er keine andere Wahl gehabt hatte – und er arbeitete unentwegt daran, ihr das Leben hier so angenehm wie möglich zu machen.

Sie hatten entschieden, ihr Haus am Rande des Dschungels zu bauen. Jane zog das Leben und die Abwechslung des Dschungels dem sterilen Umfeld der weiten Ebenen vor. Keiner von ihnen beiden hatte zu nah an dem Gebäude beim Hangar bleiben wollen, aber nach ein paar Wochen hatte Tarax entschieden, zurückzukehren und nachzuschauen, was er noch retten konnte.

Sie hatten Sorge vor einer weiteren Falle gehabt, aber

er war siegreich zurückgekehrt und hatte einige der Vorräte und Materialien mitgebracht, die sie bei ihrem ersten Besuch in dem Gebäude entdeckt hatten – Dinge, die ihnen das Leben viel einfacher machten, auch wenn Tarax hervorragende Improvisationsfähigkeiten besaß.

Seitdem war er mehrfach in das Gebäude zurückgekehrt. Es gab noch immer keine Spur der Prüfer und sie hatten auch nie wieder mit ihm gesprochen.

Plötzlich stürzte Mr. Tiddles durch den offenen Eingang, zwitscherte aufgeregt und ließ ein riesiges – und noch immer zappelndes – Insekt vor ihren Füßen fallen. Janes Magen überschlug sich, als die Beine des Tiers wie wild in der Luft herumstrampelten und grüner Schleim aus seiner Mitte quoll, und sie musste ins Bad rennen.

Als Tarax kurze Zeit später zurückkam, war sie noch immer im Badezimmer, hielt sich an der Komposttoilette fest, die eine von Tarax stolzesten Funden gewesen war.

„Jane! Was ist los?"

Sie wedelte matt mit der Hand durch die Luft. „Mr. Tiddles hat mir ein Geschenk mitgebracht. Es war noch nicht ganz tot."

Ihr kleines Haustier schnatterte betrübt und sie lächelte ihn an. „Ich weiß, du meinst es nur gut."

„Das gefällt mir nicht." Tarax zog sie behutsam auf die Beine, dann half er ihr, sich die Zähne zu putzen und das Gesicht zu waschen. „Du warst schon Anfang der Woche krank."

„Das war der Fisch." Allein die Erinnerung daran ließ Übelkeit in ihr aufsteigen. „Er ist mir einfach nicht bekommen."

„Du hast ihn früher immer gemocht."

„Na ja, jetzt halt nicht mehr", erwiderte sie patzig.

„Ich glaube, wir sollten einen Ausflug ins Laborgebäude machen."

Sie wollte widersprechen, aber es sah ihr wirklich nicht ähnlich, krank zu sein. Sosehr sie es auch hasste, dorthin zurückzukehren, die Krankenstation war wirklich extrem nützlich.

„Okay, na schön", murmelte sie.

Tarax lachte und zog sie in seine Arme. „Ich sorge dafür, dass du die Reise genießt."

„Und wie willst du das anstellen?" Sie musste lächeln.

„Wir werden regelmäßig Pausen einlegen, damit du dich an meinem Schwanz laben kannst", sagte er ernsthaft und seine goldenen Augen funkelten.

Ihre Nippel wurden hart, als ein Puls des Verlangens in ihren Kitzler schoss. Sie genoss es, ihn in den Mund zu nehmen. „Und wirst du den Gefallen erwidern?"

„Natürlich", sagte er sofort. „Aber vielleicht sollten wir jetzt direkt anfangen – um sicherzustellen, dass ich nicht aus der Übung bin."

„Du hast gestern Abend erst geübt", erinnerte sie ihn, aber er hob sie auf den Waschtisch und spreizte ihre Beine.

Seine talentierten Finger strichen über ihre sensible Haut, die bereits glitschig vor Verlangen war. „Perfekt. Heiß und nass und bereit."

„Für dich bin ich immer bereit", sagte sie, weil es die Wahrheit war, aber dann umkreiste seine raue Zunge ihren Kitzler und sie brachte kein Wort mehr heraus.

ZWEI TAGE später lag Jane nervös auf dem Untersuchungstisch, während die Maschine ihren Körper scannte. Sie hasste es noch immer, hier zu sein, hatte Angst, dass sie wieder getrennt werden würden, aber sie konnte die Effizienz dieses Betts nicht leugnen.

Die Maschine piepte und blinkte und spuckte die

Ergebnisse aus. Tarax' Augen wurden groß, als er die Diagnose durchlas, und ihr Herz hämmerte gegen ihre Rippen.

„Was ist es? Ist irgendwas nicht in Ordnung?"

„Es ist alles in Ordnung", sagte er eilig und dann breitete sich ein strahlendes Lächeln auf seinem Gesicht aus. „Du erwartest ein Kind."

„Ich bin schwanger?" Der Raum schien sich zu drehen und Tarax kam augenblicklich an ihre Seite, hielt sie versichernd fest.

„Bist du nicht erfreut?", fragte er leise.

„Erfreut? Ich habe einfach … Ich dachte nicht … Ich meine, du bist Doturaner und ich bin ein Mensch!" Es war ihr nie in den Sinn gekommen, dass es überhaupt eine Möglichkeit war, schwanger zu werden.

Sein Körper verspannte sich. „Tut mir leid, dass du unglücklich bist –"

„Nein! Ich bin nicht unglücklich, Tarax. Ich freue mich sehr." Tränen traten in ihre Augen, als die Realität plötzlich zu ihr durchdrang, und sie legte die Hand auf ihren Bauch.

Tarax schlang seine Arme um sie, presste seine Hand auf ihre. Sie standen in einer engen Umarmung da, benommen vor Glück, als er sich plötzlich löste.

„Was ist los?", fragte sie.

„Ich sollte versuchen, das Kommunikationssystem aus dem Wrack des Flugschiffs zu bergen", murmelte er und ging im Zimmer auf und ab.

„Warum? Sogar wenn du es wieder zum Funktionieren bringst, willst du wirklich nach Dotura zurückkehren?"

Er kam sofort wieder an ihre Seite, hob sie in seine Arme und küsste sie, bis sie sich hilflos an ihn klammerte. „Du weißt, dass ich das nicht will. Alles, was ich will, ist hier."

Gott sei Dank. Nichts, was er ihr über Dotura erzählt hatte, kam ihr besonders attraktiv vor.

„Aber dort gibt es viel fortschrittlichere medizinische Versorgung", fuhr er fort. „Es wäre sicherer für dich und das Baby."

„Ich bin mit unserer medizinischen Versorgung hier vollkommen zufrieden." Abgesehen davon, dass das Bett Tarax' Bein geheilt hatte, hatte es auch ihren Knöchel geheilt, als sie vor ein paar Wochen dummerweise umgeknickt war.

„Das stimmt natürlich."

Er sah noch immer besorgt aus und nun war es an ihr, ihn in eine versichernde Umarmung zu ziehen. „Es wird alles gut gehen. Ich weiß es. Und du wirst ein wundervoller Vater sein."

„Ein Vater", wiederholte er und seine goldenen Augen glühten.

Würde ihr Kind seine Augen haben, fragte sie sich. Es war egal, sie wusste, dass er – oder sie – perfekt sein würde.

„Es ist so viel zu tun", fügte er hinzu. „Ich muss ein zusätzliches Zimmer bauen und die Küche erweitern. Ich sollte nach weiteren Tieren jagen, damit wir mehr Pelze für ihr Bett haben und –"

Sie lachte und presste ihm zärtlich einen Finger auf die Lippen.

„Und wir haben Zeit, das alles zu tun. Jetzt lass uns nach Hause gehen."

Va'rik'at'char schickte seinem Wissenschaftlerkollegen La'tok'at'bron eine Nachricht durch ein neutrales Netzwerk.

Es scheint, als ob das Experiment ein absoluter Erfolg ist. Emotionale Bindung und Paarungsfähigkeit.

Wenn La'tok'at'bron in der Lage wäre, zu sprechen, hätte er schnaubend gelacht. Stattdessen schickte er eine abfällige Antwort.

In diesem Fall, ja. Aber wir können aufgrund derart limitierter Daten noch keinen Erfolg erklären.

Va'rik'at'chars Antenne schwankte leicht. *Einverstanden. Fallen dir andere Testpersonen ein?*

Ja. Ich schlage vor, es als Nächstes mit einem Hsslak zu versuchen.

Aber das ist ein Wüstenvolk. Ein menschliches Weibchen wird in dieser Umgebung große Schwierigkeiten haben, zu überleben.

Dann wird es ein Experiment unter erschwerten Bedingungen werden.

Na schön. Va'rik'at'char gab sein Einverständnis, dann schwebte er komfortabel in seinem Tank davon, während La'tok'at'bron mit den Vorbereitungen begann. Das erste Experiment hatte sich als aufschlussreich erwiesen – und als unterhaltsam. Er konnte es kaum abwarten, herauszufinden, was die nächste Begegnung hervorbringen würde.

ANMERKUNG DER AUTORIN

Vielen Dank, dass du **_Das nackte Alien_** gelesen hast! Ich hatte große Freude an dieser neuen Serie – ich liebe es einfach, wenn ein Held und eine Heldin in eine Überlebenssituation geworfen werden und aufeinander angewiesen sind! Anfang 2021 war eine schwere Zeit für mich und diese Geschichte hat mir geholfen, durchzuhalten.

Egal, ob dir die Geschichte gefallen hat oder nicht, es würde mir wirklich viel bedeuten, wenn du eine ehrliche Rezension – Rezensionen sind eine der besten Methoden, um anderen Leser*innen dabei zu helfen, meine Bücher zu finden!

Wie immer muss ich mich bei meinen Leser*innen bedanken, dass sie mich auf diesen Abenteuern begleiten! Eure Unterstützung und Ermunterung macht es mir möglich, diese Bücher zu schreiben.

Ich bin wahnsinnig dankbar für mein Beta-Team – Janet S., Nancy V. und Kitty S. Eure Gedanken und Anmerkungen sind unglaublich hilfreich!

DAS NACKTE MINIMUM

ALLES DARÜBER HERAUS!

Bist du neugierig auf Va'rik'at'chars und La'tok'at'brons
Pläne für ihre nächsten … Subjekte geworden?

Kann Jane allein in der Hitze einer ausländischen Wüste
überleben? Und unter der Hitze des Alien-Kriegers, der sie
findet?

Das nackte Minimum als nächstes!

HOLEN SIE SICH IHR KOSTENLOSES BUCH!

Tragen Sie sich in meine E-Mail Liste ein, um als erstes von Neuerscheinungen, kostenlosen Büchern, Sonderpreisen und anderen Zugaben zu erfahren.

https://geni.us/jungfrauunddervampir

DEN ELEMENTEN AUSGELIEFERT

Das nackte Alien

Das nackte Minimum

Eine Frage der Nacktheit

Das muskulöse Biest

Die Leibesvisitation

ÜBER DIE AUTORIN

Honey Philips schreibt heiße Science-Fiction-Geschichten über Alien-Krieger und die Menschenfrauen, die ihnen nicht widerstehen können. Von Entführungen bis zu Invasionen – die Abenteuer sind zwar wild und rau, aber das Ende immer befriedigend.

Ihr erstes Buch hat Honey im zarten Alter von fünf Jahren geschrieben und illustriert. Seit damals haben sich ihre Schreibkünste verbessert. Ihre Zeichenkünste allerdings leider nicht. Sie liebt schreiben, lesen, reisen, kochen und Champagner trinken – nicht zwangsläufig in dieser Reihenfolge.

Honey liebt es, von ihren wundervollen Leser*innen zu hören! Du kannst sie unter den folgenden Adressen stalken:

www.honeyphillips.com

www.ingramcontent.com/pod-product-compliance
Lightning Source LLC
Chambersburg PA
CBHW022139150726
47992CB00002B/664